JN119406

学のゆりかご

母と娘のディスタンス

はじめに

日々学術書の原稿に向き合っていると、ふと、本文の行間や注釈の書きかたなどに、著者の生い立ちのようなものを垣間見ることがあります。

どの研究者も、かつては本好きで、いろいろと将来を夢みた少年少女だったのでは、と、肩書や専門領域をこえ、親近感を覚えるひとときです。

生い立ちのたいせつな一つに、「母」の存在があります。

今回、日ごろお付き合いのある研究者と、書籍にたずさわる職業人、計九名の方々から、「母」にまつわるエッセイをお寄せいただきました。

幼少の記憶、思春期、介護、看取りまで、母親との関係性はじつに九人九様。各人の世の中へのまなざしがどのように育まれ、いかに学問へと向かわせているのかを読み取っていただければ幸いです。

令和三年の母の日に

編集者 識

もくじ

不確かな記憶、確かなもの

母は晩年、認知症になった。その記憶は近いものから薄れていったが、母にとって大切なものは、母が望む姿でしっかりと留まっているようであった。「記憶」とは、もともと人の中で創られていくものかもしれない。

私自身の記憶をたどっても、同じようなことが言える。幼いころの記憶としてあるのは、母の涙である。郷里の姉を訪ね、母は何度もその話をした。「ほんとに悔しかった。そんなふうに思われるなんて」……。その日、いつも行くお風呂屋さんが休みで、少し遠いところにある銭湯に行った。母は障害のある次女を背負い、長女である私の手を引いていた。帰るときになって、下駄箱の鍵が見つからなくなった。銭湯の人に言っても、すぐには合鍵を貸してもらえなかった。母は

「友達のうちはどこ」

怒って私と妹を連れ、靴を履かずに外に飛び出した。雨が降っていた。素足が冷たかったが、私はなんだか物語に登場する落人（おちうど）になったようで、その感じが気に入っていた。ちっとも悲しくなかったが、母が泣きながら何度もその出来事を語るので、母の涙が私の「記憶」になった。

母の笑顔の記憶もある。私が二十代のころ、母と芝居に行く約束をし、劇場で待ち合わせていた。そこへ向かう途中、急ぎ足の中年の男女が私を追い越していった。女は母であった。私には気づかず、溌溂（はつらつ）として楽しそうに歩いて行った。もう一人は母の恋人だと思った。私は父が大好きだったが、母が恋をしていたとしても、それも嫌ではなかった。その時、母が着ていたワンピースを鮮明に思い出す。白地に茶色の絣（かすり）のような模様がはいっていて、柔らかいプリーツが揺れていた。でも、あれが現実だったのか、定かではない。

一方、「もの」は確かにそこに在る。自ら（みずか）の日々の暮らしのために、夫のために、娘たちのために、母が心を込めたものたちが、今もここに在って何かを語っている。

田中 典子

ものたち

母が逝って、ものたちが残った。
母が住んだ家に移り住み、日々の工夫を受け継いで暮らしている。

掘り炬燵

掘り炬燵を使っている。昔は毎朝、母が炭を熾してくべていたが、今は電気炬燵を入れている。寒くなってきたので、掃除機をかけて使う準備をした。この掘りは母や私の脚には深すぎて、そのままだと足がつかない。そこで母は板を敷いていたが、それでも少し深かった。

板を裏返すと、そこに赤や青のプラスチックのボールのようなものが張り付けてある。たぶん、妹の使い古したおもちゃの一部だろう。これでちょうど脚の長さにぴったりになる。しかも、平らな面があるので座りもいい。

「いいこと思いついた！」と、にんまりしながらボンドで張り付けている母の顔が浮かぶ。

お掃除のとき、ひとつ取れちゃった。また付けておいたよ、お母さん。重宝しているよ。

紐

夜中に目覚め、暗い部屋で手を伸ばすと、指先に紐の先が触れる。ちょうどぴったりの位置にあるそれを引っ張れば、灯りがともる。

母と私の手の長さ、同じくらいだったんだなあ……。木綿のワンピースの端切れで縫ったらしいその紐には途中に瘤が作ってあり、寝ながら引くのにちょうどいい長さだ。

母もこの部屋に寝て、夜半に目覚め、この紐を引いたのだろう。そのあと、何していたの？　お気に入りの「ラジオ深夜便」を聴いていたの？　何か考えていたの？

私は枕元の文庫本を開く。日の出まであと数時間、読んでいるうちにまた眠ってもよし、眠れなくても構わない。そう思っているうちに睡魔が戻り、私はまた紐に手を伸ばす。

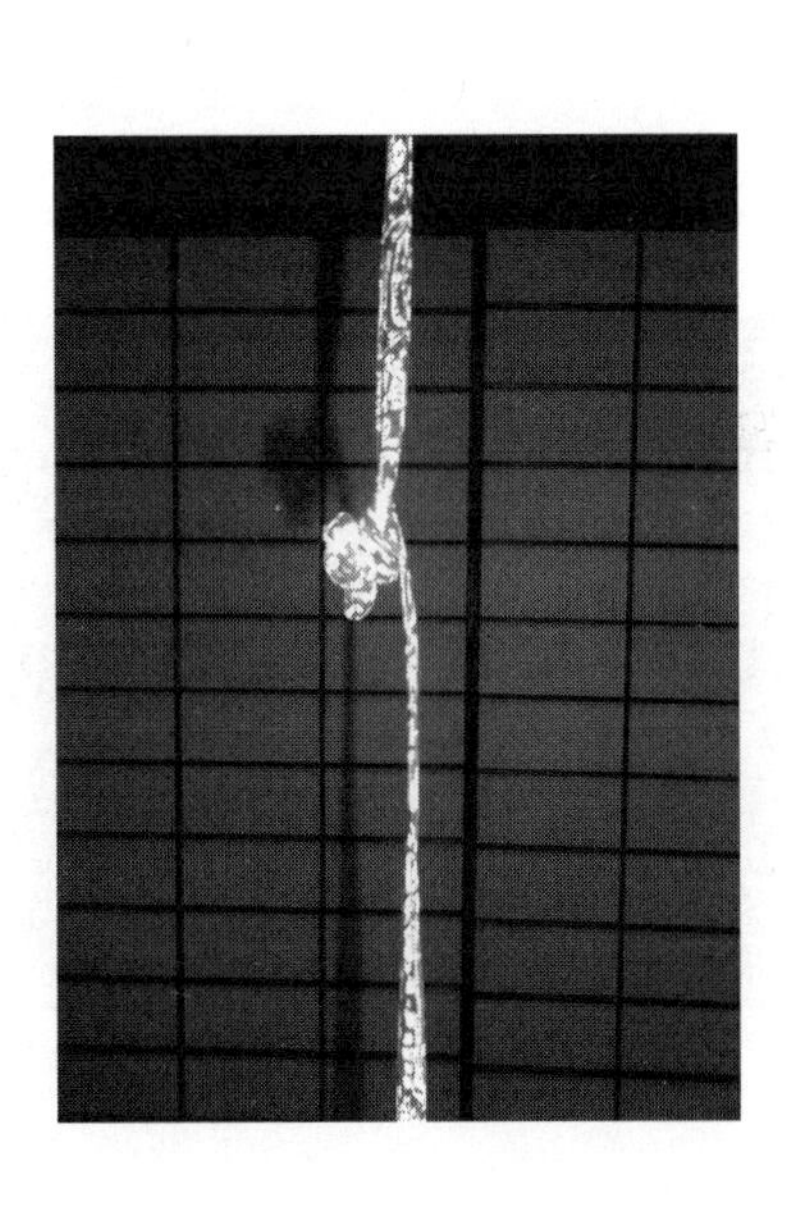

スカートの中の小さなポケット

母の家に移り住み、いろいろなものを処分した。使われないままの客用布団、子供の頃フルーツポンチを食べた背の高いガラスの器、母の嫁入り道具だった鎌倉彫の鏡台やどっしりした黒いミシン、見覚えのある母の着物や洋服……。段ボールに入れようとしてふと見ると、小さな布のポケットが、スカートの裏地に縫い付けてある。

一緒に出掛けると、母はよく切符を失くした。改札を出るときになって、「あれ、どこにしまったかしら…」と探し始める。「お母さん、いつもそうなんだから」と父によく怒られていた。そういうことがないように、工夫していたんだね、お母さん。私はそのスカートを段ボールから出し、また簞笥（たんす）に戻した。

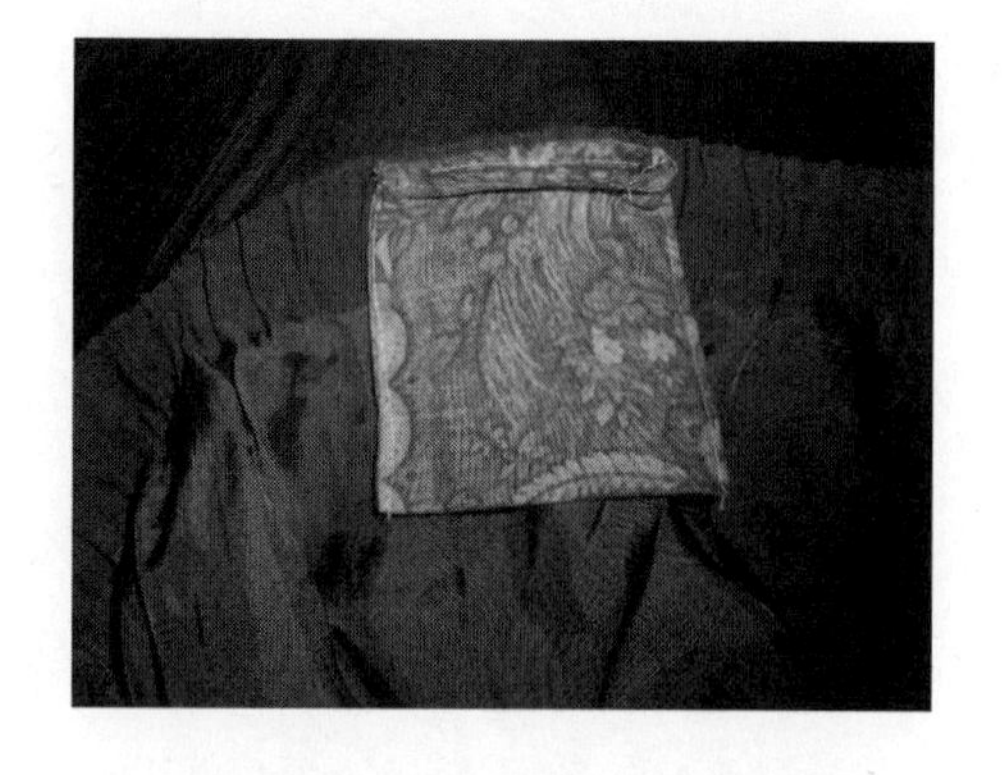

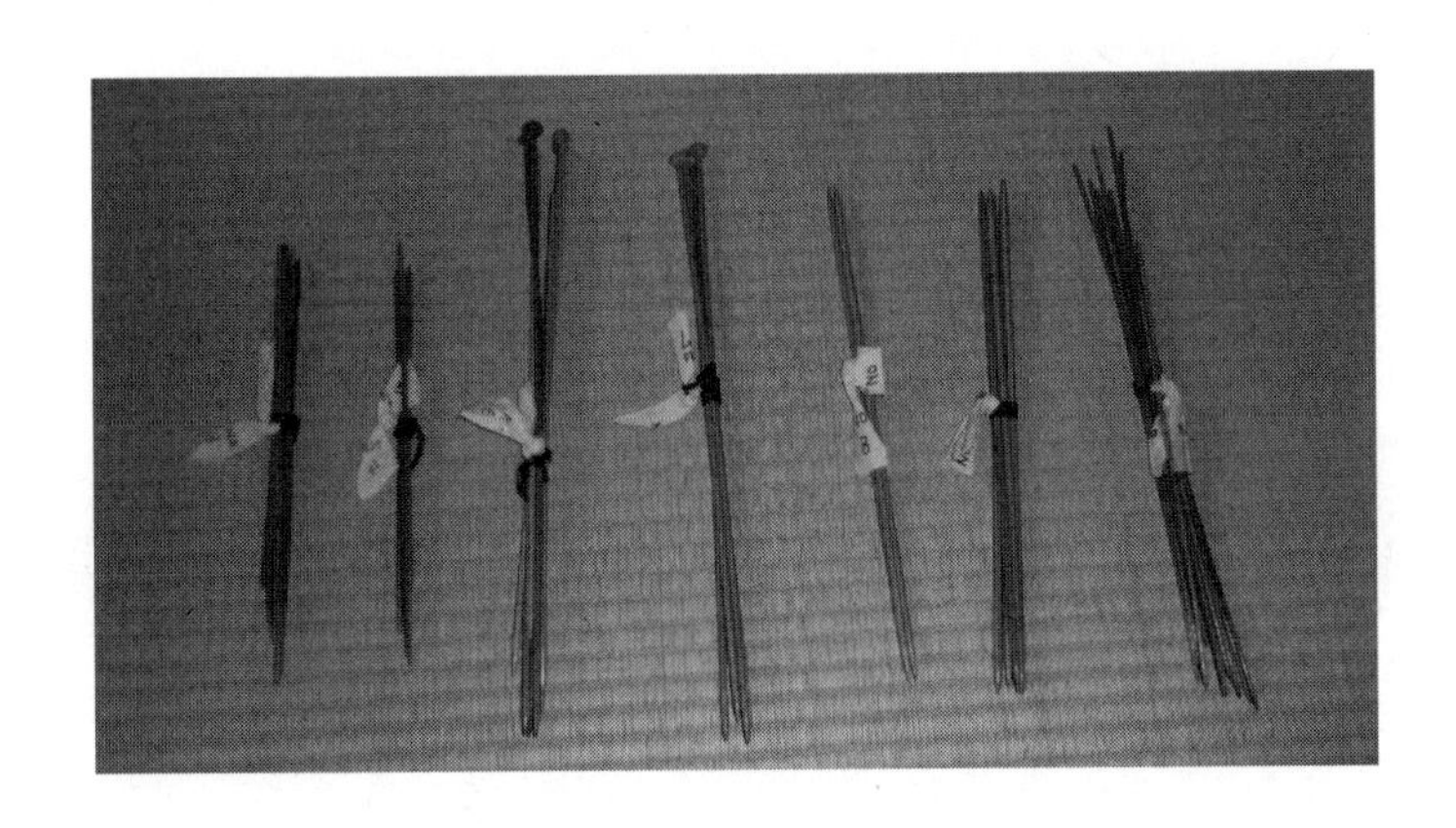

編み棒

母が逝き、家にあった箱を開けると、編み棒が太さごとにきちんと仕舞われてあった。束ねた布に太さが書かれている。

この編み棒で、いろいろなものを編んでもらったね。赤ん坊のときには腹巻、大きくなるとセーターやマフラー。私が自分で買ったとっくりのセーターは色が気に入っていたので、着古したのを解（ほど）いて、ベストに編みなおしてもらった。みんな、ここから生まれたんだね。

でも、お母さん、私はこれ使えないなあ。残念だけど、写真に撮り、私は編み棒たちを処分した。

編み方メモ

　編み棒が入っていた箱に、母のメモが残されていた。「モチーフの室内ばき」「モチーフ16枚で1足分」と書かれ、編み目を表す図が描かれている。どこかで見たものを写したのだろうか。

　これを使って編んだ室内ばきを、母はいろいろな人にプレゼントした。もちろん、私ももらった。

「もっと足首のところを長くして」

などと注文をつけると、ちゃんとそれに応じたものを作ってくれた。

　私や妹の小さいころの服は、すべて母のお手製だった。母が私たちのために作ったものは数知れない。母が描いたメモもたくさんあったに違いない。

　これを見て、私も編めればいいんだけれど……。でも取っておこう、このメモ。

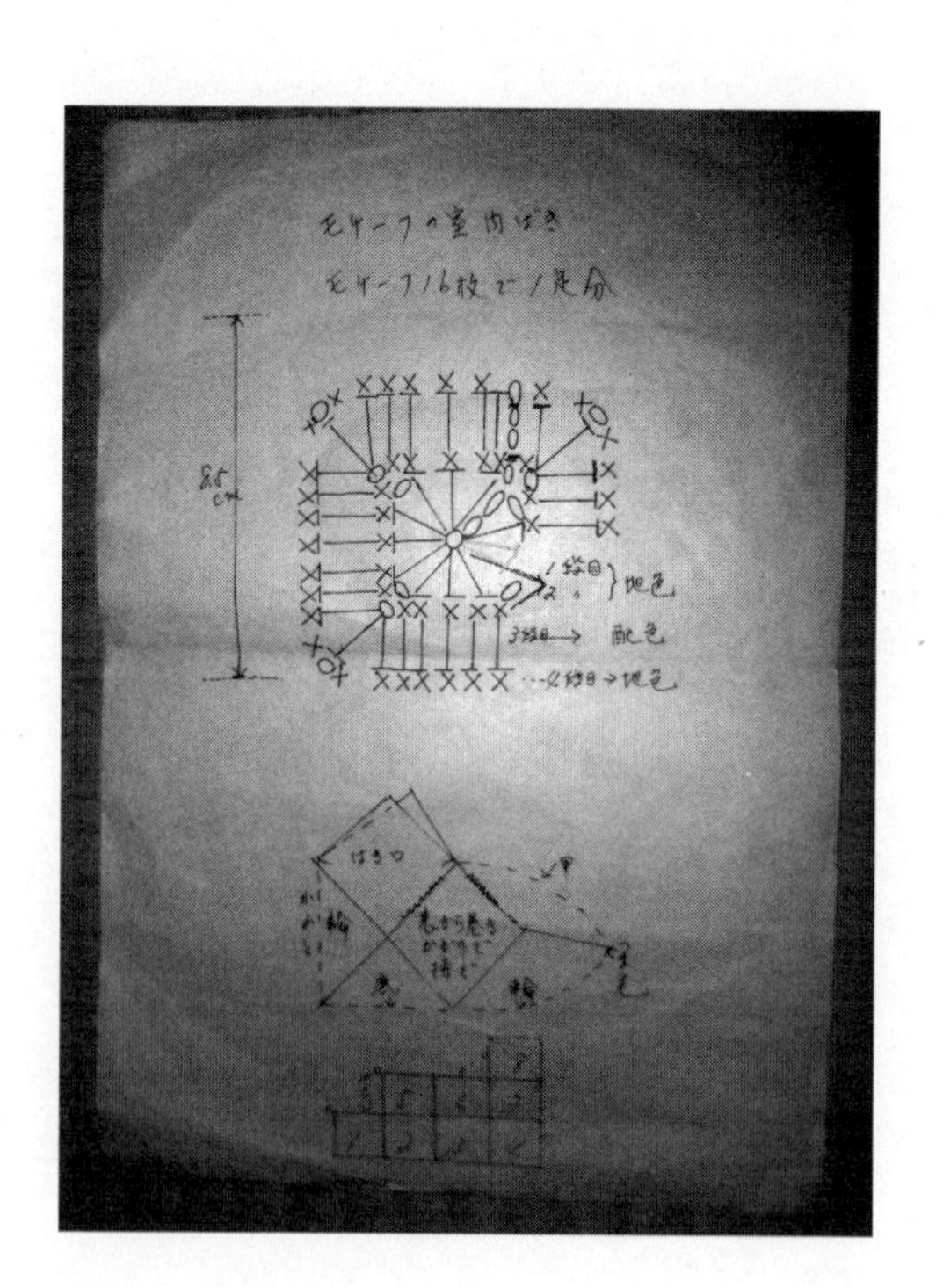

室内ばき

母が編んでくれた室内ばきを、今も使っている。まず、底が薄くなってきて、ついに擦り切れたので、私が拙いながらフェルトで底を付けた。今度はフェルトと毛糸の間が切れてきたので、同色の毛糸で繕った。だんだん変形してくるが、とても使い勝手が良く、処分することができない。

寒くなってきて、またこの室内ばきを取り出した。この冬が終わるころには、またどこかを修繕していることだろう。

編込みベスト

好きだったイランの映画監督キアロスタミの「友だちのうちはどこ?」(一九八七)を観たのは、三十代の頃だったろうか。その主人公の少年が着ていた毛糸のベストがとても可愛らしかった。ちょうど何年も着ていたタートルネックのセーターの毛糸が薄くなり、擦り切れそうになってきたところだった。その柿の実色の毛糸が気に入っていたので、リフォームして少年のベストと似たものを作ってほしいと母に頼んだ。

母は映画を観ていなかったが、私の説明を聞いてそれを再現しようと頑張ってくれた。まず、セーターを解き、細くなった毛糸を重ねてしっかりさせ、私の注文通りに編込みの模様を入れて、素敵なベストが出来上がった。

あれから三十年以上になるのだろうか、この冬もこのベストが活躍する。

冬の座布団カバー

冬支度で登場するのは、この座布団カバー。夏用の木綿に代わって、ウールの生地が温かい。色も、夏物が藍色なのに対し、赤を基調とした暖色になる。

母の家に引越したときは夏だった。肌寒くなってきて箪笥を開けると、この座布団カバーが数枚畳んであった。「寒くなったら、これを使ってね」と言っているように。

何度目の冬になるのだろうか、今年もまた座布団カバーをかけ替える。

手編みの座布団

裏と表で違う色合いの座布団。可愛らしいピンク系と、少し落ち着いた紺と煉瓦(れんが)色。母は生活の中にたくさんの手作りのものを残していった。衣替えのころには、母の編み物作品が勢ぞろいする。

汚れてもそのまま洗濯機で洗えるのも嬉しい。母が認知症になり、尿漏れが気になったことがある。パッドを買ってきて勧めてみたが、プライドが傷つくらしく、「娘にそんなこと言われたくない」と怒っていた。時々匂いが気になり、この座布団も何回か洗濯した。

最後の鍋つかみ

母はたくさん鍋つかみを作り、ちょっとしたお礼などに使っていた。箱の中には多くの鍋つかみが出番を待っていた。

それも残り少なくなり、たぶん、これが最後の鍋つかみ。かなり使って古びてしまったが、取り替える気になれない。ポットなどをつかむのに使い勝手がとてもいい。

新しい鍋つかみをバザーや学園祭で買ってきたが、いちばん活躍しているのは、やっぱりお母さんの鍋つかみ。

戸棚の整理をしたら、またどこかから出て来ないかな、お母さんの鍋つかみ。

褞袍

箪笥から数枚の褞袍（どてら）が出てきた。父のために縫っておいたものだろう。父は家ではいつも着物を着ていた。その着物や寝るときの浴衣まで、すべて母が縫っていた。裾まである長い褞袍と、半纏（はんてん）くらいの長さのもの……。短いのを一枚だけ取って、後はバザー用の箱に入れた。一枚だけで充分だと思ったのだ。

だがこれが意外に重宝で、相棒が幾度も羽織っているうちに綻（ほころ）びが出、繕（つくろ）いが要るようになった。綺麗な母の縫い目と、私の不揃いな繕い目。

もう少し取っておけばよかったかなあ。海外のバザーに出した褞袍、どこか寒い国で誰かを温めているならいいけれど。

エプロン替わり

引き出しの中に十本ほど入っていた手ぬぐいと紐のセット。妹と出かけるときにはいつもこれを持っていく。母が縫った柔らかい紐で首に付け、手ぬぐいをテーブルに広げれば、携帯エプロンの出来上がり。汚れたら、そのまま持ち帰ればよく、洗濯も簡単！

もうずいぶん使ったよ、お母さん。だんだん少なくなって、今は紐の代わりにリボンを使っているけど、ちょっとゴワゴワするみたい。また紐を縫ってほしいな、お母さん。

旅支度

母が逝って少し落ち着いたころ、母の着物を整理しようと桐箪笥を開けた。呉服屋だった母の実家の畳紙（たとう）と一緒に、白い装束があった。母が自分の旅支度に縫ったものだろうか。

家の宗派では死装束には特にこだわらないと聞き、母の葬儀には、一緒に旅行したときに着ていたちょっとよそ行きのブラウスとスカートを着せた。

でも、お母さん、ちゃんと用意していたの？　気が付かなくてごめんね。これは私が旅立つときに着せてもらうね。

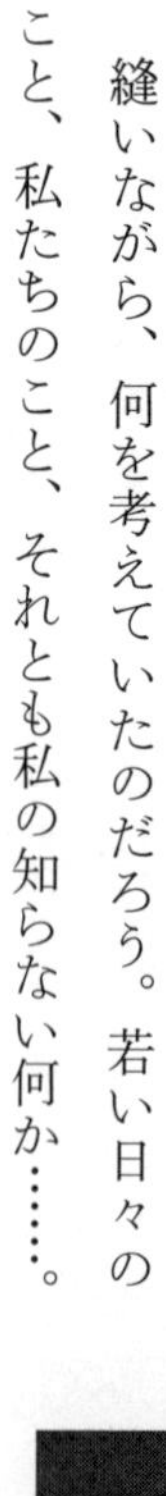

縫いながら、何を考えていたのだろう。若い日々のこと、私たちのこと、それとも私の知らない何か……。

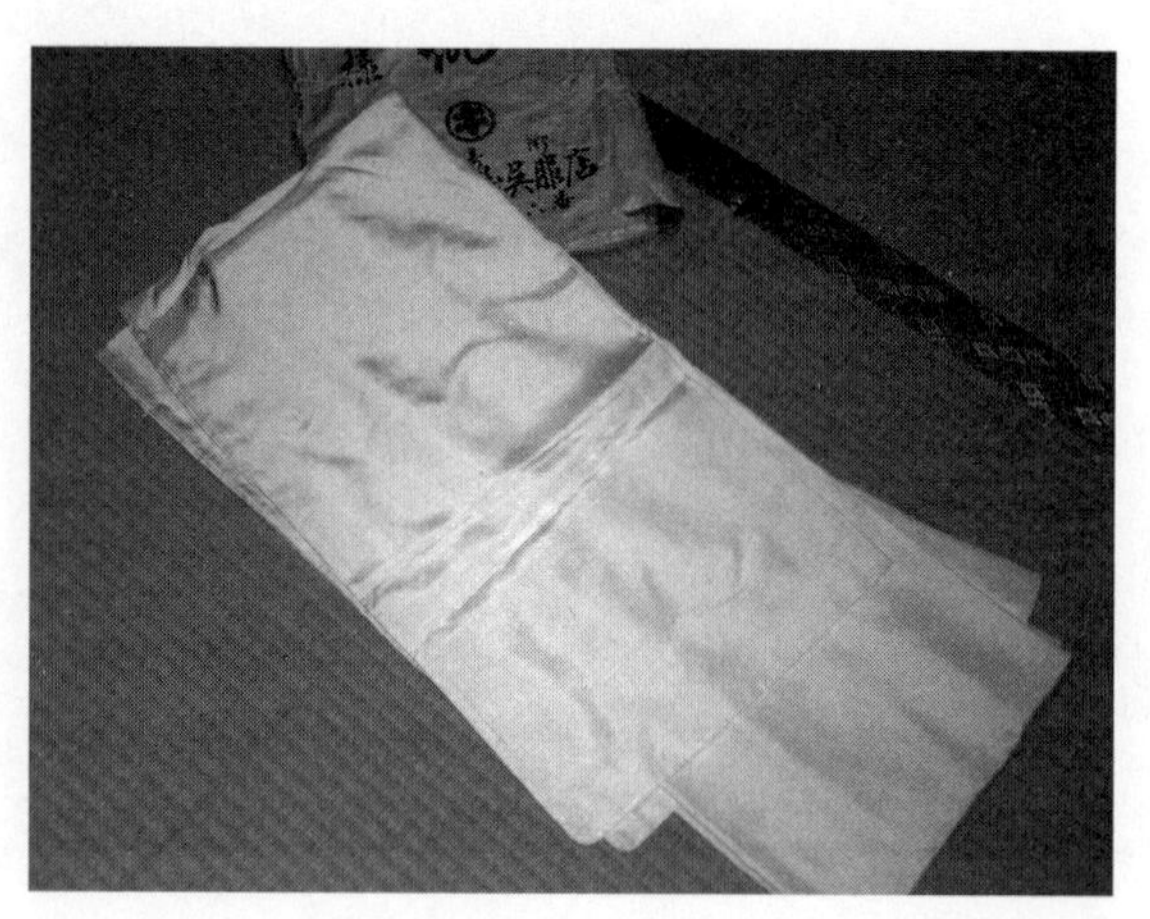

娘として人類学者として

「普通」でない母娘（おやこ）

多様な母子関係

仕事柄、「家族とは何か」とか「親子の関係とはどんなものか」といった話を人前ですることがよくある。そもそも私は文化人類学を教えることを生業とするので、そうした話の前提になるのは、「私たちが普通だと考える家族のかたちや親子の関係が、必ずしもすべての社会で普通であるとは限らない」ということで、たとえば、母と子の関係でいえば、原ひろ子先生が調査されたヘヤー・インディアン (Hare Indian) の社会[1]では、子どもは育てられる者が育てればいいのであっ

ボントックのライステラス

て、実の母に限ることはなく、生みの親に育てあげられなかった子どもは不幸だなどという観念は存在しないし、親は産んだ子を絶対に育てなければならないという義務感もない」という例をあげて、その多様性を指摘する。あるいは、子どもへの愛情について語るときには、マーガレット・ミードが調査したニューギニアのムンドグモ族[2](Mundugumor)の例をあげ、「ムンドグモ族の社会では、母性愛のようなものはなく、子どもは親の援助なしに育つことができる」ということから、「子どもへの愛情は自然なものではなく、文化によって造りだされるもの」だと説明する。

ちなみに文化人類学とは、調査の対象となる地域に実際に人類学者が出かけて行って、そこに長期間にわたって住み、人びとの生活を観察したり、彼らと対話したり、インタビューをしたりするフィールドワークという調査方法を用いて、一見「奇妙」に思われるような生活習慣が現地の人びとにとってもつ意味を明らかにし、文化的他者への理解を試みるという学問である。

私の場合、その対象はフィリピンのルソン島北部に住む先住民とパラワン島という南部の島に住む先住民の社会が主で、このフィリピンに、研究者としてかれこれ四十年近く通いつめている。

「普通」とは何か

ここであげた例のように、人類の多様な母と子の関係や母のあり方が、これまでいろいろと文化人類学者たちによって示されてきた。とはいえ、「だからどうでもいい」と皆が考えているわけではなく、そうした関係について、それぞれの社会には、やはりその社会の人びとの考える「こいる。

うあるべき」とする理念型、ないしは標準的、規範的とされるような親子像や母親像が存在して

そうだとすれば、日本社会にも日本人の考える「母と子」のあるべき理念型とか、標準的、規範的とされる親子像や母親像があるはずで、それは、いったいどのようなものだろう。

もちろん、そうした観念は時代によっても大きく異なり、また変わっていくものだが、さしあたって今、私が思いつくのは、数年前にネット上で大騒ぎになった「あたしおかあさんだから」[3]という歌に登場する「献身的なお母さん像」だろうか。この歌には、お母さんだからしている、いろいろな我慢が列挙されており、そのことから「母親に子育てで自己犠牲を強いる歌」だとして、当の子育て中のお母さんや働いているお母さんたちだけでなく、独身女性からも批判され、炎上状態にまでなった。こうした歌が歌われるということは、今も、ここに歌われるような献身的な母親が理想だと思う日本人が少なからずいるということで、実際、それを擁護する人もかなりいた。

ましてや私が子どもだった昭和の時代は、まだそのような母親が多くいたし、「普通」だと思われていたように思う。

私と母との関係

どちらかというと、私の母、そして私と母の関係は他の家族と比べて「普通」ではなかった。

もちろん「普通」でないからといって、ネグレクトだったわけでは決してない。しかし、先の歌に登場するような「普通」の母親と比べてみると、私の母が子どもにたいし自己犠牲的だったかというとそうでもなかった。

ただ、ここでそれを批判するつもりなど毛頭ないし、むしろ「普通」でない関係のほうが、私には好都合だった気がする。

私が、この「普通」でない母について語るときによく使うフレーズは、「放任主義」である。そして、それを証拠づけるものとして、「私は高校受験も、大学受験も、大学院への進学も母（や父）に相談することは一切なく、全部自分で決めてきた」という話をつけたす。すると、それを聞いた周囲の人たちはたいてい「へー、そうなんだ」と言って驚いたり、感心したりするのだが、結局のところ、私はそれが「普通」でないことを承知していたので、相手のそんな反応は十分予測できたし、むしろそれを期待し自慢げに話していたのかもしれない。

大学にかんしても、「高校を卒業させるまでは親の義務。大学は別に行かなくてもいい。行きたければ自分で行く」というのが我が家の方針だったので、大学や大学院時代はアルバイトをして授業料を払っていたという話をした。そうはいっても、実際には実家暮らしだったので食べるのには困らなかったし、入学金や学費が足りないときには祖母に助けてもらっていたわけで、ちょっと話を「盛って」はいたのだが、それを聞いた周囲の人びとはやはり驚いたり、「偉いね」と感心したりした。そんなわけで、私自身は他の家族と違う親子の関係をなかば自慢げに話していたのだが、もしかしたらこの話を聞かされた人は、私のことを偉いと思って感心したというよりも、「親との関係が険悪だったのか」とか、「経済的に困窮していたのか」と思っていた可能性もある。

もちろん結婚も、その後のフィリピンへの留学も、就職も、すべて母には相談ではなく事後報告だった。しかし、今思えばそのことで母に何かとやかく言われた記憶はほとんどなく、自分で決めたことで時々失敗することはあっても、それはそれで自己責任で、私には当たり前だった。

一般的な親子、あるいは母と娘の関係から考えると、やはりこれは「普通」ではないのだろうが、こうした関係のおかげで、今まで自由にやりたいことをしてこられたのも事実である。

放任主義への道のり

ただ、この「放任主義」、すべてにおいて小さいときからずっとそうであったわけでもなく、小学生までは友だちと電車に乗ってどこかに遊びに出かけることも許されていなかったし、当時、周りの友だちがほとんど持っていた自転車を、危ないからという理由で買ってもらえなかった。だからといって、それに従順に従っていたわけでもなく、たしか母に内緒で友だちと日比谷に電車で遊びに行ったことが一度あったが、そのときは内緒だったはずなのになぜかバレていて、しばらく家のなかに入れてもらえなかった。自転車については、自分の力ではどうしようもなかったので我慢するしかなく、友だちと自転車でどこかに遊びに行くことができなかった。そのうえ、自転車に乗る際の交通ルールを学ぶ小学校の安全教室では、旧姓がア行で出席番号が一番だった私がクラスの代表としてそこで乗ってみるよう言われたが、当時まだ自転車に乗れなかった私はとても恥ずかしい思いをした。また、仲のいい友だちが普通にしていた、友だちの家に泊まりに行ったり、友だちが家に泊まりに来たりといったこともできなかった。

このように、日々の生活や友だちとの関係ではけっこう悲しい思いをしたが、ある日突然、母の気まぐれか、さまざまなことがいっさい解き放たれた。

私にとってはいろいろなことが矛盾だらけで、いったい何が母の良し悪しの基準だったのか、未だに理解できない。

「普通」でない母との距離

「女系家族」

これまでの話には父が登場していないが、私の家は母方の祖母が同居していたので、もちろん父もいたのだが、あまり父が家庭のことに口出しをすることはなかったように思う。今思えば、父との思い出はほとんどないのだが、そんな父も私が大学院に進学する年に亡くなった。

父方の祖父も母方の祖父も父方、母方双方のおじも、私が生まれる前にすでに亡くなっていたので、このような家族・親族構成を知った大学・大学院時代の恩師は、それを女性が元気で長生きする「女系家族」などと愉快そうに呼んでいた。

母と祖母

私にとって幼かった頃の母との良い思い出といえば、母は洋裁が得意だったので、遠足や入学式、卒業式などの行事があるたびに、新しい洋服を作ってくれたことぐらいである。そのことで、友だちにからかわれたこともあったが…。小さいときはよく家族で遊びに出かけたから、そう考えると母との楽しい思い出もたくさんあったのかもしれないが、それを帳消しにするほど恨めしかった記憶がある。それは何かというと、姉と私とは年齢が近かったので、幼稚園から中学・高校まで、姉と私の学校行事が重なるときには、母はいつでも姉の方について行き、私の所には代わりに祖母がやって来たことである。私はこれがとても嫌で、特に、祖母は明治生まれで普段からよく着物を着ており、学校行事でもこの着物を着てきたので周囲からとても浮いているように見えたし、何よりも、若いお母さんに交じって自分だけ年老いた祖母が「保護者」として来ていたことが、子ども心にとても恥ずかしく、いっそ来なければいいのになどと思っていた。今思えば、せっかく来てくれた祖母には申し訳なかったが、私には、恥ずかしかった思いしかその記憶にはない。

母が仕事をしていたときは、祖母が一切の家事を引き受けており、そのときに祖母が作ってくれたじゃこ天や硬くなった餅を揚げたおかき、竹の子の皮で包んだ梅干しなどといった「昔ながらのおやつ」を今も懐かしく思い出す。逆に、母の「おふくろの味」のようなものの記憶はほとんどないから、そういった意味では、「献身的なお母さん」の役割は我が家では祖母が担っていたのかもしれない。そんなわけで、「おばあちゃん子だった」と言われることもあるが、別に日頃から祖母にいろいろな相談をしていたわけでもなく、「普通の母」との関係性を母に代わって祖母に求めていたわけでもなかったから、それも少し違うような気がする。

たまたま祖母が亡くなったときにその戸籍を見る機会があったのだが、それと幼いころに聞かされていたおぼろげな記憶をたどって総合してみると、祖母はけっこうな苦労人だった。祖母は母親が亡くなった後、その母の姉妹の養女になったようで、二十歳になって一つ年上の男性と結婚して浅草に住んだが、一九四五年三月一〇日の下町大空襲によって三十七歳で夫を失った。そのとき母はまだ十歳で、その後、祖母は多分、女手一つで母を育てたのだと思う。母は戸籍上、次女になっていたから姉がいたようだが、戸籍には載っておらず、母が生まれたときにはすでに亡くなっていたようだ。

そういった祖母の苦労を見ていたからか、母は「夫が亡くなったときに困らないように、女性も手に職がなくてはいけない」と常々私に言っていた。それを、身をもって示すかのように、父が亡くなった後も、母は若いころ洋裁学校に通っていたので、その技術を生かし定年後も働き続けることができた。そのため、経済的にはあまり困っていなかったようである。父が亡くなったときにはまだ祖母も元気でいたし、少しあとには、交友関係を広げ、新しい趣味を見つけたり、旅行を楽しんだりと、母はそれなりに自由を楽しんでいたように見えた。

私はといえば、普通は「女手一つで育ててもらって…」と感謝すべきなのだろうが、それを機会に一人暮らしを始め経済的にも独立したので、そんな風に考えることはほとんどなかった。ただ、一人の自立した女性として今このような仕事ができているのは、やはりこの母の言葉があったからかもしれない。その点についてはとても感謝している。

母離れ

親が子どもを叱るときに、よく「自分ひとりで大きくなったような顔をして」ということがあるが、私は、ある意味、「自分ひとりで大きくなった」と思っており、母離れも早かった。

自分の人生についてみると、中学生か高校生のときに、とてもおとなしかった私を変えてくれた小学校の担任の先生が亡くなったのがきっかけで、大学へは高校の教員になろうと思って進学した。しかし、先述の大学・大学院時代の恩師がゼミ生だった私を自分の調査地のボントック族（Bontok）と呼ばれる人びとが住むルソン島北部マウンテン州（Mountain Province）のボントック（Bontoc）に連れて行ってくださったことで、私の人生は思いもよらない方向にそれていく。その直接のきっかけとなったのが、その恩師の友人の先生がたまたま「君は大学院へ行きそうな顔をしているね」とおっしゃったことで、それを真に受けた私は、大学院でそのボントック族について研究しようと決意した。とはいえ、当の本人は、それをまったく覚えてはいらっしゃらなかったのだが…。

このように、私の人生には大きなターニングポイントがいくつかあったのだが、そこに母の姿はない。そのときも、深く考えず決めてしまったが、きっかけはどうあれ、自分で決めたことに後悔はなかった。このときも母には事後報告だったが、だからといって、どちらかといえば「勉強よりも、手に職をつける」ことを望んでいた母が、私の決断を応援してくれていたかどうかは別として、少なくとも「女性に学問はいらない」などということを言ったことは一度もなかったように思う。

物理的距離と社会的距離

大学院に進み一人暮らしを始めたころは、比較的近所に住んでいたこともあって実家にも時々帰っていたが、結婚して就職が決まり、福岡に引越してからは、物理的に遠く離れたことをきっかけに社会的な距離も離れることになって、実家に行くのは一年に数回、東京に出張で出かけたときだけになった。

その間、結婚してすぐに調査に出かけていたフィリピンのルソン島北部で二十世紀最大規模の地震に遭った。日本ではメディアが「ルソン島北部はほぼ壊滅状態」などと連日報道していたため、消息不明となった私の死を覚悟した夫が、遺体を探しにフィリピンまで来たのだが、それも母は知らなかったかもしれない。そもそも私がどんな研究をしているのかもよく解っていなかっただろうし、その数年後、フィリピンに一年七か月ほど留学したが、それも母に話したかどうか記憶にない。

福岡に移ってからは、引越した翌年に祖母が亡くなったが、そのときは仕事でインドネシアにいたので、祖母の「死に目」どころか葬儀にも参列できなかった。祖母はしばらく病を患っていたので、たまに実家に帰ると、その愚痴を母から聞かされていた記憶があるが、特に何かを手伝ったということもなかった。

その後、子どもが生まれても里帰り出産はせず、産休明けすぐから仕事に復帰した。母は、自分の旅行のついでに福岡に何度か来て、子どもの運動会などの行事にも何回か参加したような気もするが、お互い、頻繁に連絡することもなく、私の方もそれから忙しい毎日が続き、しばらく疎遠になっていた。

母が入院したときもお見舞いに行ったのは一度か二度で、亡くなったときは、ちょうど仕事先が変わって福岡から埼玉に引越すタイミングだったので、祖母のときと同じように、死に目にも会えなかった。「なんて薄情な」と思われるかもしれないが、特に子どもの時から母にべったりではなかったし、以前から具合が悪いことも知っていたので、物理的にも社会的にも二十年以上離れていた私にとって、母の死はさして大きな衝撃ではなかったように思う。あるいは、祖母のときもそうだったが、実際に死に直面していないし、長いこと会っていなかったので、あまり実感がわかなかったという表現の方が正しいかもしれない。

今となっては、自分勝手な解釈だが、いわゆる「普通」の親孝行はしなかったけれど、母の望む経済的に自立した女性になったのだから、それはそれで母にとっては親孝行な娘だったと思うことにしている。

三人の「母親」

「経済的に自立した女性になるように」という母の教えが、今の私につながっていると言えばそうなのかもしれないが、母は学問とか研究とはほど遠い「普通」の主婦だったので、そうした学問や研究の面で私を支えてくれたのは別の「母親たち」だった。

義理の母

私には生物学的かつ社会的な母、すなわち「生みの親であり育ての親」である母以外に二人の「母親」がいて、その二人が研究者としての私を支えてくれた母である。

そのうちの一人は、夫の母、私からすれば義理の母親で、その義理の母との間には、世間で言うところの「嫁と姑の問題」は皆無であった。

義理の母はずっと長いこと教職にあったし、退職後はよく海外旅行に出かけていたので、そうした、かつての仕事の話や旅行の話をよくしてくれ、私はそれを楽しんで聞いていた。そのため、自分の実家には帰省しなくても、特に福岡に引越すまでは夫の実家に頻繁に行っていたし、義理の母も福岡に孫の顔を見に遊びに来てくれた。

しかし、そうした良好な関係を保ってくれただけでなく、それ以上にこの母の偉大なところは、私のすることに一切、文句を言わなかったことである。たぶん「普通」の姑だったら、結婚してすぐにフィリピンで行方不明になったり（このときは、結局使うことはなかったが、フィリピンでの捜索費用を夫に貸してくれていた）、結婚後、長期間にわたって留学したり、〇歳児から子どもを保育園にあずけてフルタイムで働く「息子や孫をないがしろにする嫁」を快く思わないに違いない。ましてや私は文化人類学者なので、子どもを日本に残してフィリピンの山奥の先住民の社会で何日も調査をするのだから、こんな「嫁」を無条件で受け入れ、いろいろとサポートしてくれた義理の母には、とても感謝している。

儀礼的な「母」

独身時代から四十年間近く、通算し百回以上フィリピンに通って調査を続けているが、もちろん、最初から調査地の人びとと今のような良好な関係が築けていたわけではない。フィリピンでボントック族の調査をするといっても、見ず知らずの人間がいきなりその土地ですぐにフィールドワークができるわけはなく、そのとき、最初にお世話になったのが先の恩師のインフォーマント（情報提供者）だった男性の家族たちで、その中心にいたのが私にとっての儀礼的な「母」である。

フィリピンには、スペイン人によって伝えられたとされる、コンパドラスゴ（compadrazgo）という カトリック教徒に見られる儀礼親族制度がある。これをざっくり説明すると、本来は、カトリックの子どもが誕生後の洗礼を受ける際に親戚や知人の間から選ばれた教父・教母が、実の両親に代わって子どもに宗教的教育を授ける制度だが、フィリピン社会では、個人の属する親族集団のなかだけでは社会的な相互扶助が充分に行われないため、自分の社会的・経済的保証を強化するために血縁関係を超えた相互扶助集団を形成する制度として機能している。このような制度のもとで「教父母と教子」という擬制的親子関係が結ばれるのだが、具体的に、教父母は教子にたいしさまざまな便宜を図ったり、助成をしたりしなければならないことになっている。

その儀礼上の「母」が私にはボントックにいるのだが、彼女は恩師のインフォーマント男性の母親で、厳密に言えば、私とその「母」とはカトリックの手続きにもとづいた「教父母と教子」ではないのだが、私は勝手にこのボントックの「母」と私との関係をそれと同じものだと思っている。その「母」を中心に、その子どもや孫たち、親族たちが調査地で今も私を温かく迎えてくれる。

そのいきさつは今ではもうよく覚えていないのだが、その「母」が一緒に住んでいた次男（恩師のインフォーマント男性の弟）の家族の家にいつのまにか私はタダで住まわせてもらうようになり、最初のころは携帯電話もメールもなかったから、いきなり訪ねて行ってはその弟家族の家に何週間も泊めてもらうというのを繰り返していた。それでも彼らはいつも家族同様に扱ってくれ、

調査地での若かりし頃の筆者とボントックの「母」

調査の際はいろいろと便宜を図ってくれた。だからといって私の行動に干渉することはなかったが、出かけるときはいつも「どこに行くのか」聞かれた。最初はただの挨拶のようなものと思っていたが、後に、彼らが私の身の安全を守るためだと気づき、実際、何か困ったことがあったときにはいつもサポートしてくれた。実は、北部ルソンで地震に遭ったときもそこにいたので、家は相当揺れたけれど何の不安もなかったし、その後、彼らのおかげで無事に山を下りることができ、マニラで偶然、私を探しに来た夫と出会うことができたのだが、まさかそのとき、日本で「死んだもの」と思われていたとは知る由もなかった。

一時期、別の地域で調査をすることになり、不義理をしてしばらくボントックに行かなかったのだが、数年後にいきなり友だちを連れて遊びに行ったときでさえ、「何でずっと来なかったんだ」などと聞かれることもなく、いつものように温かく迎え入れてくれ、家に友だちもいっしょに泊めてくれた。

こうしたボントックの「母」やその家族との関係はとても居心地がよく、私にとって「家族」そのものだったので、結局、別の地域での調査をやめ、最終的にここに戻ってきてしまった。

彼女を「母」と呼ぶようになってもう三十年以上たつが、その「母」に独身の頃は「結婚はまだか」とよく言われていたので、婚約者（今の夫）をボントックに連れて行ったときはとても喜んでくれた。子どもが産まれたあとは、「二人目はまだか、子どもはひとりではかわいそう」などと散々言われた。日本の母にも義理の母にも、このようなことは一切言われたことがなかったのだが、もし同じことを言われていたら反発していたかもしれない。でも、ボントックの「母」からこれを言われるのは、不思議とあまり嫌ではなかった。子どもの多いことが幸せと考えるボントック族の彼女にとってはこれが当たり前のことだったので、そうした幸せを私にも望んでいた。最初は「日本では働く女性は子育てが大変」だとか、「すごくお金がかかる」とか説明してみたが、やはり理解できなかったようである。さすがにこの歳になってからは、言うのは諦めたようだが、今度は夫と子どもをボントックに連れてくるように言われている。

私がいつもお世話になる弟の家の子どもたちはもとより、別の子どもたちの子どもたち（「母」からすれば孫たち）も、私のことを、親しみを込めて「おば」と呼んでいる。今はもうその子どもたちも成人し、数年前には弟の長男のフィリピンでの結婚式に出席して、結婚の立会人・証人であるスポンサーになった。また、その娘（インフォーマント男性の妹）の末っ子の洗礼のときにはその子の儀礼親になった。それ以外の「母」の孫たちもほとんどがすでに結婚しており、たくさんのひ孫がいるが、「母」のひ孫たちは今、私のことを「祖母」と呼ぶようになった。

こうして私は、この三人の母親に支えられながら、悪く言えばその「いいとこどり」をして、娘として人類学者としての人生をこれまで歩んできた。生みの母はもういないが、別の二人の母たちは今も元気でいる。

母となって

母が亡くなったとき、母の遺品を整理していたら、母自身の膨大な量の旅行の写真や思い出の写真とともに、私の臍（へそ）の緒やら母子手帳やら、通知表やらいろいろなものが出てきた。あまり記憶にないのだが、私が送ったと思われる子どもの写真も出てきた。だいぶ捨てたが、それでもそのいくつかは、仕方がないので取ってある。これを見ると、表に出すことはあまりなかったが、母も案外、「普通」の日本の母親としての一面を持っていたのかもしれない。

私自身が母となり、子育てをしていたときも、職場でマタハラのようなことも少しはあった気もするが、周囲の人びとが「母親はこうでなければいけない」という呪縛を私に課すこともなく、「あたしおかあさんだから」に対抗するかのように俄（にわ）かに注目を集めた「マイクロズボラ」[4]の歌の歌詞のように、「主婦や母親業の手抜き」を全肯定してくれる人たちのおかげで私は研究を続けてこられた。

「いい母親でいないといけない」という呪縛は社会の常識だったり、育った環境だったり、親の影響だったりするが、少なくとも私の場合は、それがあまり見られなかったように思う。だからこそ、私は自由に生きてこられたのかもしれない。

生みの母は私に「経済的に自立した女性」になることを望み、結局、私は母の言う通りになったが、それはさておき、「普通」の主婦だった母のように生きたいとは一度も思わなかったし、実際、異なる生き方をしてきたと信じている。

でも、最近、自分の子ども（娘ではないが）が私と同じ口調で夫に文句を言っているのを見て、（決して嬉しくはないが）私もけっこう母とおなじような振る舞いをしているのかもしれないと思うようになった。また、子どもが大学生になって家を離れたとき、知り合いから「寂しいでしょう」などと言われたが、特にそんなことはなかった。自分で言うのもなんだが、私としてはさっさと「子離れ」して、私の人生を生きていると思う。もしかしたら、この点も母に似ているのかもしれない。

生みの母が私という存在にどれほどの影響を与えたのかはわからないが、人生を振り返ってみて、何はともあれ、いろいろな母娘（おやこ）の関係があっていいんだと、今、私には思える。

森谷 裕美子

注

（1）原ひろ子『ヘヤー・インディアンとその世界』平凡社、一九八九年。
（2）Margaret Mead, *Sex and Temperament in Three Primitive Societies*. Harper Perennial, 1935 [2001].
（3）絵本作家ののぶみさんの作詞で、ＮＨＫの元「うたのおにいさん」の横山だいすけさんが歌った歌。
（4）グリコのウェブムービーでロバート秋山さんが歌う歌。いろいろな小さなズボラを「そのままでいいんだよ」と肯定する。

母の夢

失われた時を求めて

二〇二〇年、新型コロナウイルスの世界的な蔓延に遭遇した私たちは国を挙げてのスローガン「ステイホーム」のもと、「新しい生活様式」と呼ばれる社会習慣を身に付けることを強いられている。あたかも「新しい」という形容詞によって人間のありかたそのものが改善され、良い方向に向かうかのように、不安をおおい隠し、ある種の希望を抱かせる魔法のしかけがこの言葉にはある。

アルベール・カミュは戦争を伝染病にたとえて『ペスト』という小説を書いたが、感染症の脅

ホックニー「水しぶき」

威におびえる日々を送る私たちは果たして「戦争」体験に比する経験をしているだろうか？　だとすれば、戦争という悲惨な経験をした人間にとって、戦後の「新しい生活」とはどのようなものだったのだろうか？　私はこの随筆を書くにあたって、戦争体験が母（二〇一五年逝去）にとってどのようなものだったのかを考えてみたくなった。そのときどきに断片的な話を聞いてはいても、その心情について尋ねてみたことはなかった。さいわい、随筆を書いたり短歌を作ったりするのが好きだった母は、自分の軌跡を残したいと、古希を迎えた一九九八年、随筆集『時の風景』と短歌集『残像』を自費出版している。私の思い出のなかの母の記憶とそれらの作品を重ねつつ、私なりに戦争体験が戦後の母の人生にとってどのようなものだったのかを考えてみたい。

『時の風景』は、日本がアメリカの占領下にあった一九四九年の随想（『住宅新聞』への投稿）から始まっている。一九二八年生まれの母は戦時中、東京で女学校に通う生徒だったが、東京大空襲で焼け出され、着の身着のまま、父親の故郷、山口県の長門市へ家族とともに疎開し、小学校の代用教員として働いた。戦争が終わると東京に戻り、空襲を免れた親戚の家に居候をしていた。「私の散歩道　＝私はこんな家に住みたい＝」と題された随想は、そんな仮住まいで肩身の狭い思いをしていた母が、散歩の途中で見かけた目白文化村の豪邸の前を通り過ぎながら、「ドレスのデザインをするように『私のすまい』の夢」[1]を描いているさまを綴ったものだ。その随想につぎのような一節がある――

私はどんな生活をしている時にでもそれが人から見たら可哀相と思われるような生活であってもいつも「楽しいな」と思っている。しかし、だからといって私自身は決して個性を殺してはいないし生活に無関心なわけではない。(2)

戦勝国アメリカは戦争が終わると、芝生を敷きつめた広い庭のある郊外の一戸建ての家で主婦たちが優雅に暮らす生活を喧伝したが、そんなアメリカの夢の暮らしへの憧れが、焼け野原から立ちあがろうとしていた日本の都会の若い女性たちにも浸透していた。戦後の「新しい生活」を模索するなかで、若き日の母もまた、庭付き一戸建てのきれいな家に住みたいという「楽しい」夢を抱いていたようだ。「ドレスのデザインをするように」という比喩のとおり、当時、母は洋裁で身を立てていた。一九五五年に結婚をするが、洋裁の仕事は結婚後も細々と続けていた。私が三、四歳ぐらいのときだっただろうか、アメリカ軍の基地にある米兵の宿舎に住む一家のために手縫いのドレスを届けにいくのについていったのを記憶している。言葉がつうじないその家の女の子といっしょに着せ替え人形遊びをし、手作りのケーキをご馳走になった。そのときのケーキの独特の香料のにおいがいまだに忘れられない。プルーストの『失われた時を求めて』のマドレーヌのにおいのように、においは記憶を喚起する。私が生まれて初めて意識した「アメリカ」はこのケーキのにおいだった。その後、英米文学を専攻し、アメリカにも長期滞在するようになる私の原点がここにある。

洋裁に関連したもう一つの随筆「アイロンと私」には、進駐軍の宿舎を訪れたさいに、数ある電化製品のなかでもスチームアイロンを見たときの驚きが綴られている。「衣類を糊付けし、洗濯屋に出したようにピンとアイロンをかける」[3]さまを見て感心した母は、ぜひともそのアイロンを手に入れたいと思ったという。まだ外国製品が手に入らない時代のこと、アイロンは「家」とともに憧れたものの一つだった。以来、日本製の重い、古めかしいアイロンで洗濯物をかたっぱしからアイロンがけするのが母の日課となった。おかげで私は昭和三十年代、まだ今ほど豊かではなかった時代に、毎日きちんとアイロンをかけた手縫いの洋服を着て小学校に通うことができた。

母の随想にはときどき映像のようにかつて見た風景が流れる。『朝日新聞』の「日時計」に投稿した文章「サザンカ」には、山口県に疎開していたころ、用水路わきの垣に咲くサザンカの実を摘み、カゴにいっぱい入れては油屋に絞ってもらいにいったときのことが書かれている。[4]同じく「日時計」に掲載された文章「オモト」では、戦前、貸家を借りる人は、引越してくるまでオモトの鉢を置く習慣があったと記している。「万年青」と書くこの植物は、常緑ゆえに、長く住めることを願って置かれたらしい。[5]同じく「ヒマワリ」では、敗戦の焼け野原に咲くヒマワリとカボチャの花の「燃えるような黄」を懐かしげに回想している。ヒマワリが食糧として重宝された、戦後貧しかったころの強烈な印象が綴られているのを見ても、若かりしころの母が抱いた、戦後の新しい生活への期待や夢が伝わってくる。だが、母がこれらの随筆を書いた一九七〇年代は公害汚染が問題視された時代でもあり、ヒマワリも「どこかひ弱」になっていると結んでいる。[6]戦後社会への落胆も見え隠れする。

思春期を戦争の渦中で過ごした母にとって、戦争体験はトラウマ以外の何ものでもなかった。とくに空襲で住む家を失ったことはつらい体験だったようだ。その焼けだされた家がどんな家だったのか、どんな子ども時代を過ごしていたのか、ほとんど母の口から語られたことはない。東京下町のお嬢さん育ちで文学少女だった祖母（母の母）は、ほとんど何も持たずに田舎から上京した作家志望の祖父と駆け落ち同然でいっしょになり、祖父は夢果たせずに新聞社で細々と働いていたというから、家族五人を養うのがやっとだったことはまちがいなく、それはもう小さな家だったにちがいない。それでも母にとってはかけがえのない安らぎの場であったようだ。なぜなら、一歩外に出れば、いやがおうでも戦争へと向かう殺伐とした社会が目の前に広がっていたのだから。窮屈な戦前の日本社会では女性には参政権もなく、女性が自立することなど期待されていなかった。生前、男兄弟二人に挟まれて育った母は兄や弟のように大事にされず、「女だったばかりにいつも損ばかりしていた」と嘆いていた。成績が良かったおかげで女学校に進学し、さらに専門学校にも進むが、戦時中で充分な教育を受けられたとは言いがたかったうえ、家を失って中途退学する。「良妻賢母」から「銃後の守り」へと女性たちに求められる役割が変化するなかで、唯一の「居場所」だった家が一瞬のうちに消えてしまったという喪失感は非常に大きかったようだ――

焼夷弾に燃ゆる家より病めるわれを引きて逃れし母は今亡し(7)

戦災に失ひし家財産(もの)を興せし父母は既にあらざり(8)

戦後、祖父母は練馬区に家を建て、母は結婚して、その実家のそばに初めて家を購入した。そののち、現・東久留米市の新興住宅地に引越し、何度も改築を繰りかえしては快適な住まいを追求したが、古希を過ぎて庭の手入れがむずかしくなり、都内のマンションに移り住んだ。空襲で家を失ったトラウマを、自分の家を持つことによって治癒させようとしたのかもしれない。

思春期にできなかったことを取りかえすかのように、母は懸命に家事をこなし、娘二人を育て、時間が許すかぎり趣味やボランティアの仕事に没頭した。母が暇を持てあますことは一瞬たりともなかった。なかでも多くの時間を割いていたのが、「いのちの電話」のカウンセリングと、視覚障がい者を案内するボランティアだった。家事とボランティアのあいまには、好きなエッセイを書いたり短歌を詠んだり、洋裁や織物、人形作りや油絵、英語などの教室に通ったりしていた。ひんぱんというわけではないが、旅行も好きだった。私も母とは幾度もいっしょに旅をしている。

思いかえしてみると、成人してから父といっしょに旅をしたことは一度もない。だが、母との珍道中の旅の思い出はたくさんある。そんな思い出の一端をつぎに書きしるすことにしたい。

母娘の旅

母との旅といっても、たいていは夫ないしは妹との三人旅で、母と二人きりで旅をしたのは一度だけだ。それは私がイギリス留学を終えた直後のことである。すでに大学で専任教員として教壇に立っていた私は一九九一年、一年間の研究休暇を得た。さいわいブリティッシュ・カウンシルから授業料相当の奨学金を受給できたこともあり、私は三十をなかばにしてロンドン大学大学院の修士課程に入学し、ふたたび学生になった。課程が終わってから職場に復帰するまでの二か月間、同じ大学教員だった夫が夏休みを取るまでの一か月をどう過ごそうかと思っていた私は、母にいっしょに旅をしないかと声をかけた。初めのうち、母は留守中の父の食事のことなどを心配し躊躇していたが、同居する私の妹からも父からも勧められ、家事いっさいを投げ出して飛んできた。母にとって、家事から百パーセント解放される経験はこの私との旅が初めてだった。だからこのときの旅は「日常とは異なった時間の流れにたっぷり身を浸すことができ」[9]、純粋に旅の醍醐味を味わえたようだ。その証拠に、母は『時の風景』のほぼ半分をこの旅の思い出で埋めつくしている。娘の私にとっても、これほど母と二人きりで濃密な時間を過ごした経験はあとにも先にもこの旅以外にはなく、思い出深い旅だった。

母は絵を描くことが好きだったので、この旅の前半は南仏で過ごし、セザンヌやゴッホが描いた名所をめぐった。なかでも忘れられない思い出は、アルルでのひとときである。

私たちはアルルの駅からバスに乗って、ゴッホが描いたラングロワの跳ね橋を見に出かけた。バスを降り、標識をたよりにようやく跳ね橋に着くと、母は小さな画帳を取り出し、スケッチを始めた。すると急に激しく雨が降り出したので、私たちは橋のたもとに建っていた小さな一軒家の門前の木の下で雨宿りをすることにした。雨はだんだんと激しくなり、ずぶ濡れ覚悟で帰ろうとしたところ、その家の主とおぼしき老婦人が玄関口から出てきて、「入りなさい」と私たちを招き入れてくれた。門をくぐると郵便受けの前で口に指をあて、「シーッ」という仕草をしたので何だろうと思っていたら、なんと郵便受けのなかに鳥の巣があって、鳥の種類は不明だが五羽の黒い雛がピーピー鳴いていた。

老婦人は質素な台所兼居間に私たちを招き入れると、お茶とクッキーをご馳走してくれた。薪で火を焚くコンロの上にはスープらしき鍋がぐつぐつと煮えたっていた。母は窓越しに見える跳ね橋をスケッチさせてもらうことにした。私は学生時代に第二外国語としてフランス語を学んだものの、ものにならなかった。忘れかけた初歩のフランス語を思い出しながら、たどたどしいフランス語でときどき質問したり、「もう少しゆっくりしゃべってください」「もう一度繰りかえしてくださいますか」とたのみながら、老婦人の話に耳を傾けることとなった。身ぶり手ぶりを交えながらゆっくりと話をしてくれたおかげで、彼女が八十一歳で、夫は橋の開閉をする仕事をしていたが第二次大戦中に戦死し、そのあとは彼女がしばらく橋の開閉をしていたことなどがどうにかわかった。息子さんと娘さんがいて、息子さんは教師をしているという。一人暮らしだが、ここを離れたくないとも語っていた。運河には跳ね橋が四つあって、ゴッホが描いたのがどの跳ね橋だったかはわからないということも教えてくれた。この親切でかくしゃくとした老婦人のおかげで時間はあっという間に過ぎた。おそらく二時間はここにいたにちがいない。ようやく雨も小止みになったので、おいとますることにした。旅先でのこうした思いがけない出会いや親切はありがたく、忘れがたい思い出として今でもときどきこのときのことを思い出す。

私たちは南仏の旅を終えるとスコットランドを観光した。そのあと、ロンドンに戻る途中、観光ルートをはずれて、イングランド北部、リーズ駅の一つ手前の駅シップリーに降りたった。演劇を専攻している私がぜひ観たいと思っていた芝居が、この近くの、かつては紡績工場だった巨大な倉庫で上演されるからだった。それはフランスに拠点を置く「太陽劇団」の公演で、演目はアトレウス王家の神話に基づく、古典ギリシア劇『アウリスのイフィゲネイア』とオレステス三部作で、あわせて三日にわたる公演だった。それまで宿はたいてい町のインフォメーション・センターで探してもらっていたが、このときばかりは町じゅうのホテルというホテルが満員で途方にくれた。すると満室で断られたホテルの主人が、日本からはるばるやってきた女二人連れをかわいそうに思ったのか、小さな民宿に連絡してくれ、どうにか一部屋を確保することができた。インド系移民が経営する宿で、ベッドやソファーにきれいな柄のインド綿がかけられ、気持ちのよいところだった。宿の主人も気さくで親切だった。

移民が多く暮らすこのあたりは、かつては織物産業でうるおっていたらしいが、今は見る影もない。ゴミが散らかり放題で、さびれた町が広がっていた。「太陽劇団」の女性監督アリアーヌ・ムヌーシュキンは敢えてこの殺伐とした町を公演場所に選んだにちがいない。というのも、演目の芝居は、娘イフィゲネイアを生贄にささげたアガメムノンがその妻クリュタイムネストラの情婦に殺され、それを恨んだ娘エレクトラと息子オレステスが母親とその情婦に復讐し、二人を殺したオレステスが女神に裁かれるという惨劇で、この壮絶な悲劇を上演するにはうってつけの場所に思えたからだ。

開演は午後四時で終演は夜の十時、しかも三日連続というハードスケジュールだったが、母も私も不思議なほど疲れを感じなかった。それほど充実した公演だった。使用言語はフランス語だったが、出演者はかならずしもフランス人ではなく、ミュージシャンのなかには日本人も加わっていた。ミュージシャンは日本の伝統芸能のように舞台の一角で演奏をし、日本やインドの楽器を使って日本の祭囃子やアジア的な音楽を奏でていた。西洋と東洋の融合はムヌーシュキンの舞台の特徴の一つである。

倉庫のなかに白い布を張り、テントのようにしつらえた芝居小屋は、かつて日本のアングラ演劇をひっぱっていた唐十郎や佐藤信のテントを彷彿させたが、規模ははるかに大きく、しかもかなり贅沢な空間だった。外階段をのぼって入り口に足を踏み入れると、その先に観客席と広い舞台があり、階下にはロビーと食堂があった。食堂で提供される料理はお世辞にもおいしいとは言えなかったが、街はずれにあるこの場所を離れて夕食を取りにいくのは大変なので、私たちは毎晩ここで食事をした。食堂を出ると、ちょうど観客席の真下が楽屋スペースになっていて、観客は開演までのあいだ、たくさんの柱で支えられたその楽屋を自由に覗けるようになっていた。そこでは出演者がインドの伝統舞踊特有の化粧をしていて、私たちは目に色を入れる独特の化粧に釘付けになった。

この公演には世界中から演劇好きが集まっていた。私はこの年の四月、オランダのハーグで開催されたサミュエル・ベケットの国際会議で発表をしたさいに出会った、この分野では著名な学者ルビー・コーンとこの芝居小屋で遭遇した。ルビーはまだ駆け出しの研究者だった私のことを憶えてくださり、向こうから声をかけてくださった。近くに画家ディヴィッド・ホックニーの美術館があるから見にいくといいと勧められ、私たちは二日目の公演の前にこの美術館へ出かけた。ホックニーはポップアートの先人の一人で、アメリカで活躍する画家だったが、イギリスのここ、ブラッドフォード出身だった。絵画好きの母は丹念に一つ一つの絵を見てまわっていた。

ルーツを探して

母との旅は、二〇一二年の夏、母と妹と三人でハワイ島とカウアイ島を四泊するという短い旅をしたのが最後となった。一年後、母は癌を発症し、およそ二年間、入退院を繰りかえして二〇一五年の夏に亡くなった。その八年前に父が亡くなってからというもの、母はよく墓参りに出かけるようになっていた。父は東京のカトリック関口教会に埋葬されたので、教会のミサに出席するたびにかならず父の墓前に花を手向けていた。母は自分の両親の墓はもちろん、義母の墓にもよく出かけていた。ハワイ島に行きたいと言い出したのも、母が昔、世話になったという文通相手だった日系二世の友人のお墓参りをしたかったからだった。

この友人の母親は日本からの移民で、母の母、つまり私の祖母が若いころからずっと文通を続けていた親友だった。終戦後、物資が乏しかった時代に、よく洋服生地や食料を送ってもらっていたという。母の代になってからは、祖母の親友の娘さんと母とのあいだで文通が続いていた。しかし、彼女は母より先に亡くなり、そのお墓がハワイ島にあるというので、まだ存命だったその友人のお姉さんの案内で、お参りをしにヒロを訪ねることにした。ロサンジェルスから友人の娘さん、つまり三世の娘さんも飛んできてくれて、お寺の建物の一角にあるお墓をいっしょに訪問した。その娘さんがハワイ島を車で案内してくれて、二日間の滞在を終えた私たちは、ハワイで最もたくさんパワースポットがあると聞いていたカウアイ島に行き、ゆったりとした時間を過ごし、帰宅した。筆不精の私は祖母や母のようにまめではないが、ハワイ島を案内してくれた三世の娘さんと今もときどき手紙を交換している。

母の墓参りの付き添いでは、一度思いがけないことに遭遇した。あるとき、母が突然、父が三歳のときに死別した祖父、つまり母からすると義父の故郷を訪ねてみたいと言い出した。祖父の故郷が石川県の小松だということは聞いていたが、父が生存中に先祖の墓参りをすることはついぞなかった。そのお墓に行ってみたいと母は言い、祖母がずっと懇意にしていたという遠縁の方に手紙を書いて、案内を求めたところ、親切にも母の願いを聞いてくださり、自宅にも招待してくださった。そして、先祖のお墓のあるお寺を訪ねると、そこの住職がちょうど、無縁仏となっているお墓を片づけようとしているところだと言うのである。母は「きっと死んだ仏様に呼ばれたにちがいない」と言い、私たちは急遽、先祖のお位牌を一つの壺に入れてもらい、お坊さんに念仏を唱えてもらって「墓じまい」をすることとなった。お寺の墓のなかでもひときわめだつ、りっぱな墓石だったので、ご先祖様には申しわけない気がしたが、しかたがない。堀家は子どものいない私たちの世代でとぎれてしまうのだから。ついでに、祖父の家系が明治時代に紡績関係で財を成した人であるという文書の写しもいただいたが、残念ながらそれを知って喜んでくれる子孫はいない。でもありがたいことに、私は母の気まぐれのおかげ、もしくはご先祖様に母が呼ばれたおかげで、自分の祖先に少し触れることができた。今、祖先の遺骨は無縁仏にならず、父方祖母の墓に納められ、皆いっしょに富士山のふもとの墓地に眠っている。永代供養の手続きも済ませ、当座の管理は私の従弟、叔父の息子の手にゆだねた。

母には十八歳でアメリカに渡った弟がいた。戦後まもなく、日本の大学に進学せず、アメリカの大学に進学しようと決心した叔父は、船で太平洋を横断し、カンザス州の大学に入学すると、アメリカ人の家庭に住み込みで働きながら苦労して大学を卒業した。さらに大学院に進学し、言語学の博士号を取得すると、ミシガン大学でフランス語の教師になった。その後、アメリカ人と結婚し、一粒種の娘ができた。その娘、つまり私の従妹が、あるとき母に、母の父方の家系を知りたいと言ってきた。そこで母は戦時中、疎開していた長門へ行って、当時はまだ存命だった、疎開中に世話になったという親戚の家に足を運び、わかる範囲の家系図と先祖のなりわいを調べることにした。このとき、私たち夫婦は母と山口県まで同行したが、私たちは観光をし、母とは別行動だった。今にして思えば、母といっしょに親戚に会っておけばよかったと思う。祖父の家がそのあたりの地主だったという話は聞いていたが、母が調べてみたら、その何代か前の先祖には放蕩(ほうとう)三昧で身代を持ちくずした者もいた。その話をアメリカの従妹にしたら、ちょっとがっかりしていた。自分のルーツを知りたいという欲求は移民立国のアメリカでは強く、ヨーロッパ系移民のあいだでは、先祖は貴族だったのではないかと自分のルーツをロマンチックに想像する物語も書かれるぐらいである。従妹も未知の日本に先祖の華やかな世界を期待していたようだ。そのせいではないと思うが、従妹はその後、日本の祖父から受けついだ姓を改め、日本の祖母の旧姓に変えている。アメリカでは裁判所で改姓が可能なのだ。

この山口県への旅では笑い話のような思い出がある。長門湯本温泉の旅館に泊まった時のこと、台風で列車が止まってしまい、帰れなくなってしまった。しかたがないので、もう一泊したいと頼むと、「きょうはお客さんでいっぱいなので無理です」と断られた。「でも列車が動いていないのだから、泊まるはずのお客も来られないのではないですか」と言うと、旅館の人は「そりゃそうですね」と言って大笑いした。無事、私たちはもう一泊同じ旅館で過ごし、帰宅した。


母との思い出の一コマ一コマは深く脳裏にきざまれているのだが、二人で何をしゃべったのかはあまり憶えていない。ただ、戦争で思春期を奪われた母がそれを取りかえすかのように懸命に生き、家事やボランティア、趣味などにいつも忙しく動きまわっていたことだけはたしかだ。母がドレスのデザインをするように、思い描いた夢は叶ったのだろうか。

私は母のように子どもを育てるという人並みの幸せを味わうことはなかったが、民主主義が浸透した戦後日本の高度成長期に教育を受け、三十余年学生たちに英語を教えながら、好きな演劇や文学を論じ、研究をするという人生を歩むことができている。世間では無名の一研究者に過ぎないが、国内外の研究者とともにヨーロッパの出版社から共著や共編書を出版し、二〇一八年には単著『改訂を重ねる『ゴドーを待ちながら』――演出家としてのベケット』で吉田秀和賞もいただいた。母が生きていたら、六十歳を過ぎた娘のこの晩成をどんなにか喜んでくれただろうにと思う。

母の短歌に「若き日に文学に身を投じたる父母の一生は幸せならず」という歌がある。[10] 小説家になろうと山口県から上京した母方の祖父と、文学少女だった祖母の夢は実現しなかった。短歌を作ったり随想を書いたりするのが好きだった母もまた、文筆家になることはなかった。しかし、孫の私は評論というかたちで文学に関わる仕事ができた。その私を支えてくれたのは言うまでもなく、母である。天国にいる母に心から感謝したい。

堀 真理子

注

(1) 堀耀子『時の風景——堀耀子随筆集』そうぶん社出版、一九九八年、一〇頁。
(2) 前掲書、一〇頁。
(3) 前掲書、三二頁。
(4) 前掲書、一四頁。
(5) 前掲書、一五頁。
(6) 前掲書、一七頁。
(7) 堀耀子『残像——堀耀子歌集』そうぶん社出版、一九九八年、三〇頁。
(8) 前掲書、三一頁。
(9)『時の風景』八四頁。
(10)『残像』、五〇頁。

母への旅

母の死

母が死んだ。

「駄目やった。急いで来てね……」

妹が電話で知らせてきたが、私の方はもはや声も出ない。やっぱり駄目だったのか……。辛い体験である。絶対頑張ってみせると言っていたのに。十日前には、確かに危ない様態もなかったわけではないが、横浜の自宅に戻ってみると「あの母が七十そこらで死ぬはずはない」、そういう風に思えた。電話を置くと、堰を切ったように涙が出た。次から次に。仕事先にも電話しな

きゃ、出かける準備もしなきゃ。だけど、体が動かない。

誰しも母がいて、誰しもが体験することなのに。中学生の娘と小学生の息子とを連れて電車に乗ると、前に座っている人はなんとも太平楽な面持ち。この人はまだ知らない……。思わず、涙がこぼれる。散る桜、飛ぶ鳥、目に映る神羅万象、すべてが虚しい。誰にも助けてもらえない辛さに、じっと耐えるしかないのだ。

実家に着くと、母が眠っている仏壇の前へとうながされた。ちょっとたじろいだが、顔を見るとまるで生きているようだった。枕元には、母が大切にしていた思い出の山鹿灯籠（やまがとうろう）。その顔にはきれいにお化粧が施されていた。「ありがとう、きれいにしてくれて」。涙がこぼれた。顔を触ると、ひゃっとするほど冷たい。初めての経験だった。母をよく知る近所のおばさんが慰めの言葉をかけてくださった。「親を亡くすと誰もが悲しいが、顔が見えないだけで親は天に昇っていつでもどこでもあんたを見守ってくれるから、寂しがることはないよ」。なぜかこの言葉がいつまでも心に残った。昭和六三年四月一三日、母は七十一歳と二か月でこの世を去った。その時、私は四十歳だった。

一週間を経て、職場に戻った。あちこちお世話になった方々にご挨拶。平静を保とうと努めたが、会う人ごとに一筋二筋、涙を拭うのだった。その後三か月が経ち、一年が経ち、三年が経つ頃には気持ちも落ち着き、母のことを思い出す時間も少なくなっていった。人の心を癒してくれる、時の流れの尊さを思った。

大学卒業後、大学院へと進んだ私は、当時、大学の非常勤講師や塾講師など、いくつも非常勤職を抱え、多忙を極めていた。母を亡くしていつまでも茫然自失でいるわけにはいかない。主な職場は目白学園の女子教育研究所で、週三日の勤務。今は亡き所長の浅田隆夫先生は厳しい人だったが、仕事さえ予定通りにこなしていれば大丈夫で、とてもよくしていただいた。ウィークディはほぼ仕事に追われていたが、それでも生活は安定していなかった。

母は、昭和六〇（一九八五）年秋に乳がんが見つかり、その手術と再発入院の合間、およそ二年半の間に見事な終活をやってのけた。医師になったばかりの弟の結婚。断捨離。そして、私である。亡くなる二か月前のこと、再発入院したというので駆けつけると、母は私にこう語った。「心配しとるわけじゃないけど、あんたのように顔は十人並みで頭はいいのに、女の人が社会に出るんは難しいんやねぇ」。つぶやきのようなものではあったが、私にはちょっとこたえた。四十歳にもなって、非常勤のつなぎで忙しく働いてはいるものの、正社員・専任への道は遠いという現状を残念がっているのだ。付き添いを終えて横浜に戻ると、私はすぐに公募を探した。

ちょうどそのとき、相模女子大学の教員公募を見つけ、履歴書を送った。その後、これが動き出すのである。それまで何度か大学の研究職に応募していたものの、なしのつぶてだった。今回は、多くの応募者の中から選ばれ、私は合格した。母を亡くしたその年に。生前の母に伝えられなかったのは心残りだったが、明くる平成元年、私は新しい職場に迎えられると、哀しみの思い、虚脱感が次第に癒えていった。

母の結婚

私の母、旧姓・堀光枝は、大正六（一九一七）年二月一三日、熊本県山鹿町（現・山鹿市）に生まれた。その後、兄と妹二人の四人兄弟として、それほど不自由なく育った。障害のあったすぐ下の妹の境遇を死ぬまで気遣っていたようであったが、そのことを口に出すことはなかった。母の父・堀繁雄は細川藩士の末裔で、安田銀行山鹿支店に勤めていたが、母が山鹿高等女学校三年生の時に病死した。享年四十歳、早すぎる死であった。家事科の教員を希望し上級学校の進学を目指していた母ではあったが、研究科を卒業後、家計の補助も考えてか父の勤務していた銀行に就職、結婚するまで勤めたと聞いている。

母の母・堀ツネは明治二六（一八九三）年生まれ。下関の出身で、安徳天皇を祀る赤間神宮のそばにある阿弥陀寺（あみだ）に先祖の墓があり、私が子どもの頃お盆の墓参りについて行ったことを憶えている。ここは「耳なし芳一の舞台になったところ」と祖母が言った夜に、耳を切られた法師の夢を見た。先祖は平家の落ち武者の末裔だったのだろうか？

祖母の親戚の口利きでお見合いをし、昭和一八年、母は二十六歳で下関市綾羅木（あやらぎ）本町に住む新田正雄のもとに嫁ぐ運びとなった。母によれば、その頃は戦時中でまずは男がおらず、家計のため銀行勤めをしていたことから婚期を逸していたので、姑もいて気乗りはしなかったが、断ることができなかったとのこと。そんなふうで、私の知る父母夫婦は、決して折り合いがよかったとはいえない。

母は、桐箪笥に自分で作った着物を納め、長年嗜(たしな)んだお琴を抱えて熊本の山鹿から下関の片田舎に嫁入りした。裁縫道具と数冊の洋裁の本、それに黒の型押し革表紙のアルバムを持って。

婚家のある綾羅木は、山あり海ありの農業地域に開けた住宅地であり、戦後、関門方面に通勤するサラリーマン家庭の増加により徐々に町並みが整備されていった地域である。古く明治時代に温泉街として開けた山鹿の町とはだいぶ事情が違っていたらしい。ここには文化がないと漏らすことがあった。本屋がない。本屋はできても本を買う余裕もない。そういえば、あれはどこにいったのかしら？　と、嫁入り道具のお琴も床の間に立てかけられ、埃がかぶったままであった。六歳から始めた箏曲は結婚して一度も弾いたことがなく、聴いてくれる人もいなければ弾く気もしないとこぼしたことがある。土地の人から田舎はどちらと聞かれて、熊本ですと答えはするものの、内心、私の故郷は「田舎」じゃないんだよねと思ったそうである。

一枚の写真

数年前、私自身が七十一歳を迎え、いよいよ母が亡くなった歳になったとき。そうだ、いつ死んでもいいように、流行りの断捨離を始めようと思いついた。手あたり次第、今後必要かどうかを自問自答し、持ち物の三分の二を処分した。最後に旧い写真類が残ったが、私の家族の写真や私自身の写真帖は表紙を開かず中を見ない限り、残すべきものはないように思えた。数十枚を抜

昭和23（1948）年秋。母・31歳、兄・3歳、私・1歳

き取り、あとは見ずに思い切って捨てた。そして、この断捨離を機に身軽になった私は、息子の住居に近い横浜のマンションに引越したのだ。知り合った不動産会社の誠実な社員のお世話で、今住んでいるマンションを紹介いただき、即決した。子どもの家に近い、駅に近い、近くに緑がある——これが私の老後の住まいの希望だった。

この「母への旅」を書くことになって、あ〜あ、母の写真はいくらか残しておくべきだったとちょっぴり後悔したが、後の祭りである。下関に住む妹に探してみてと頼んだ。数日して、母と兄と私が写っている一枚の写真、また数日して、母の残した着物地で私のワンピースを作って送ってくれた。母に続いて父の看取りをしてくれたのもこの妹夫婦だった。ありがたいことである。母のものに触り、写真を見ていると、閉じかけていた記憶の扉が次第に開かれていった。

前頁の写真がそれで、母三十一歳、兄三歳、私一歳の時のもの。母が着ている縦縞のお召し、私の祝い着、兄のセーターとズボン、いずれも母のお手製である。兄のセーターのボタンの位置などに町育ちの母のセンスがちょっと覗いて見える。母は、和裁・洋裁の基礎を女学校で習ったが、その後は『婦人之友』『主婦の友』『装苑』などを取り寄せ、付録の図面を見ながら型紙を起こし、何でも作った。「どの服がいいか見てごらん」と言う母に、ときおり私はオーダーするのであった。

物心がつく頃、我が家にパイン（PINE）ミシンという銘柄のミシンがやってきた時のことを覚えている。母がいつになく上機嫌だったからか。耳慣れないブランドなので調べてみると、国産ミシンの中でもアメリカＧＨＱの占領下（一九四七〜五二年）に製造された希少なミシンであるとあった。このミシン、妹が短大の被服科に入学したお祝いに、高性能の電動ミシンに化けたという。洋裁のセンスは妹が引き継いだ。ちなみに私はミシン音痴。いい環境にあったにもかかわらず、残念なことである。自分が着る物くらい自分で作ってみたい。そう思うこともしばしばであった。

タバコ屋開業

誰にも理解されない疎外感を抱えながらも、母は過去を捨て、この地に根を下ろそうと気持ちを切り替えた。なんといっても働き者、誰よりも早く起きて家事をこなし、三人目の子どもが生まれるまでは、近くにあった農協の貯金課の出納係として勤務した。二十六歳で結婚し、二十八歳から二年ごとに男・女・女・男と四人の子どもを産み育てた。

私は二番目で長女である。四人目の弟を妊娠した時は外で働くこともできなくなり、あくせくした暮らしの中に赤ちゃんを迎えることはできないと、母は苦悶していた。ちょうどその頃、国鉄山陰線の綾羅木駅ができた。駅舎を起点に町の区画整理が実施され、我が家は駅前に配置された。当時は家引きという職業があり、家に綱を張りコロコロ台車に乗せて引っ張ったそうだ。家が駅前になったことで日本専売公社からタバコ店の開業を持ちかけられた。母は家で仕事ができるということで乗り気になり、慣れない仕事ではあったが、夫の反対を押し切り開業する決心をした。それまで働いた蓄えによりお店部分を増築し、四人目の弟を出産してまもなく開業にいたった。父はといえば、戦後に職探しをし、いくつか転職はしたものの、この頃には下関市役所勤務の地方公務員になっていた。

兄と私は、私が生まれて間もなく開園した「みどり保育園」に通うことになった。自宅から海のほうへ子どもの足で二十分くらい歩いたところにあり、中山神社に近く松林が残る園庭でよく遊んだ。その頃は下駄を履いて通っていた。母は子育てを助けてもらったこの保育園をとてもありがたがって、できることならと行事や寄付等に積極的に協力したものである。兄弟四人全員が通った。

後年、私がお茶の水女子大学に合格したとき、橘園長先生からお祝いにオルゴールをいただいたことを昨日のことのように思い出す。曲はベートーベンの「エリーゼのために」だった。園長先生の温顔が脳裏に浮かぶ。園長先生は、毎日、朝の会と帰りの会に「おはよう」「さようなら」、そして給食の時間に「お百姓さんありがとう、お父さんお母さんありがとう」と、はっきり通る声でお手本を示されるのであった。

六歳になって私は小学校に入学。今度は山側に向かって歩いて二十分位の道を、隣に住む同級生と一緒に通うことになった。父も通った川中小学校である。入学式に母は少しの間お店を閉め、弟を負ぶって出席してくれた。一年二組に配属され、ほぼ新任かと思われるほど若くチャーミングな重田照代先生が担任になった。式が終わって帰宅したとき母は、「よかったね。須美ちゃんはついてるわ」と言った。私も母も担任の笑顔に魅了されたのだった。その後も学校は楽しく、嬉しいことだった。学校が子どもたちにとって楽しい学びの場であってほしいと私はいつも願っているのだが、かつてのこの川中小学校は、そのモデルのひとつだといってよいだろう。相模女子大学を退職したときも重田先生にお礼状を送り、六十年前の幼き日の教師との手紙での再会に感謝した。先生のお返事には、「あの頃の須美ちゃんの笑顔を忘れるもんですか。思い出してくれてありがとう」とあった。

学校から帰ると、家の手伝いが待っていた。小学校入学と同時に、私はタバコ店の売り子、看板娘に任命されたのである。宿題をしたり、本を読んだり、時には通りを行き交う町の人をぼんやり眺めながら店番をした。当時の子どもはみんなそうであったように、よく家の手伝いをしたものだ。お使いにも行ったし、夕飯の準備の手伝いもし、一時期飼っていた鶏にエサをやり、妹や弟の子守をすることもあった。季節の変わり目には障子の張り替え、布団の綿の入れ替え、年末には大掃除や餅つきなどなど。なんといっても母は忙しいから仕方がない。

毎朝五時に起きては、身支度を整え、朝ご飯の用意、洗濯を済ませ、その残り水を裏庭にまき、掃き掃除をして六時半頃にはお店に出ていた。裏庭には、ネギやちしゃっ葉などのちょっとした常備菜と仏壇の花を切らさないようにといくつかの花を植えていた。今でも花屋の店先で母の好きだった百合や水仙の花を見ると、母のことが思い出される。

夕方四時過ぎになると母は夕飯の準備を始めた。昼間は多少時間があったようで、縫い物や編み物に精を出すというふうだった。毎年冬が来るまでに、家族みんなのセーターを編み上げていたものだ。おかげで私は大学入学まで、着る物のほとんどすべてが母のお手製であった。入学式にも母が作ったスーツを着て整列する姿が記念写真におさまっている。

母はいつも目の前の暮らしを大切にし、それに精を出すのであった。

女学校と青春

山鹿高等女学校

母持参の型押し革アルバムには、女学校時代の思い出が詰まっていた。母が通ったのは山鹿高等女学校、明治四五（一九一二）年三月に山鹿町外十七箇町村学校組合立実家高等女学校（以下、山鹿実科高女）として設置された女学校である。組合立というのは、いくつかの町村地域の有志が協力して設立運動を起こし、認可をもらう形式の学校のことである。地域住民の熱意に支えられて実現した学校といえる。

明治三二（一八九九）年に高等女学校令が発布され、高等女学校は各県一校からスタートした。最初の高等女学校は、ある意味国策の一環として設置されたものである。県下に一つできると他都市にもということで、誘致合戦が起こり、熊本の公立高等女学校では、熊本高等女学校、八代郡立高等女学校、玉名郡立実科高等女学校、熊本市立実科高等女学校に続いて、山鹿実科高女は創立した。実科高等女学校からスタートしているが、こうした例はよくあることで、実学的な家事や裁縫を中心とした二年あるいは三年制の高等女学校のことである。山鹿の場合は志が高かったようで、最初から修業年限四ヶ年、生徒定員二〇〇名でスタートし、初年度は一五三名が入学したとの記録がある。

大正期に入ると昇格運動やら学科増設により、実科高女は徐々に姿を消していった。大正八（一九一九）年に山鹿実科高女は山鹿高等女学校となり、大正一二（一九二三）年、熊本県立山鹿高等女学校と改称している。立派な講堂に運動場や音楽室も整い、同窓会から機器備品としてピアノやミシンが寄贈されている。昭和五（一九三〇）年には生徒や同窓生の強い希望により、研究科が増設された。

高等女学校は大正期以後、全国主要都市に普及すると同時に、卒業後の進路について、取り沙汰されるようになる。女子専門学校や女子高等師範学校などは、入学資格として五年制高女卒を謳うところも多かった。母が高等女学校へ入学した昭和初期を例にとると、全国に高等女学校という名称を持つ女学校は、約一千校あり、そのうちの六割が四年制、二割が五年制、二割が実科という割合だった。そこに高等小学校卒業の十二歳女児人口の約十五％が入学している。なんといっても生徒が女子であることから、地元で通わせたいというのが親心である。そういうわけで、圧倒的に多かった四年制高女では、進学を希望する者は四年制を卒業し一ヶ年だけ五年制へ編入するという形をとり上級学校へ進学することになるが、その場合は寮に入るか下宿する必要があった。

その四年制高女の卒業後の措置として出てきたのが、「高等科」「専攻科」「補習科」「研究科」などの「つなぎ」である。上級学校へのつなぎであると同時に、嫁入りへのつなぎでもあった。「高等科」は五年制高女に肩を並べるべく学修する機会とされていたが、「専攻科」や「研究科」は、単科に習熟する狙いを持つものが多く、洋裁等新しく登場した科目などを専修する目的も兼ねていた。

高等女学校のめざすところは、総じて「良妻賢母」で括られることが多いが、この四〜五年の学びの間に、「自分の道」を模索する女性も少なからずいた。

山鹿は豊前街道にある交通の要衝、有力かつ裕福な旦那衆も多く、その娘たちに地元で教育を受けさせたいという熱意のある地域であったと思われる。母が山鹿高女に入学したのは昭和四(一九二九)年、この年は一八四人の志願者があり、一五〇人が入学したとある。史料を探してみると、幸運にも昭和七(一九三二)年発行の校友会誌『真澄』がヒットし、中から母の名前が飛び出してきた。創立二十周年記念誌で、その記念の「喜びの歌」の中に、当時四年生の母の短歌が掲載されていたのだ。

祝典に　集ふ乙女等　元気よく　ラヂオ体操　力こもりぬ

声に出して読んでみると、一心にラジオ体操をしている母の姿を彷彿させた。秀歌ではないが、一途な母の性格が滲んでいる。

この祝典時の佐々木毅校長は、早稲田大学の坪内逍遥のもとで英文学を修めた方であった。二十周年記念の年に逍遥から揮毫「而和不流」(和して流れず)を贈られ、高々と講堂に掲げた。校訓や訓示が必ずしも女学校生活に即影響を与えるわけではないが、母はそうした而和不流の気質を身につけていたように思う。

青春の友

母はその短歌にも窺えるように、前向きで明るい性格だった。友だちには恵まれたようである。特に親しくしていた友人はユキ枝さんとヒロ枝さんの二人。ユキ枝さんは英語の得意な方だった。母のクラスは、四年生のとき、担任が英語担当の橋口重敏先生というハンサムな青年教師だった。当然のごとく英語に力が入れられ、文化祭時にはクラスで英語劇をするほどであった。母と親しかったユキ枝さんは、橋口先生のファンであり英語もよくできて、研究科に進んだ後、津田塾に進んだ。英語に磨きをかけ、卒業後は母校に英語教師として戻ったという。

母も橋口先生ファンの一人であったが、残念ながら英語が得意ではなかったようだ。このクラスの女生徒たちには橋口ファンが多く、卒業後も永く先生を囲んで同窓会が行われた。母も六十歳を過ぎてから数回同窓会に参加することができた。橋口先生との最後の同窓会は、隠居して天草に里帰りした先生を囲んでというものであった。教え子たちはどこまでも恩師を慕い、追っていったのである。

ユキ枝さんに敬意をもっていた母は、私の大学受験の際に、津田塾への進学を勧めた。昭和四一（一九六六）年春のことである。私自身も英語をしっかり学び、卒業後は身の程知らずにもユネスコなどの国際的な機関で働くことを志していたこともあって、その方向に進むつもりでいた。若気の至り。当時読んだ小田実の『何でも見てやろう』に刺激されたのであろうか。日本から飛び立つことばかり夢見ていた。

津田塾には当時、学生寮に宿泊して受験するという便宜が図られており、お上りさんの私には好都合で、受験の際に早速そのサービスを申し込んだ。割り当てられたのは白梅寮という学生寮で、創立者の梅子さんに因んで名づけられたのかと考えながら、私はその玄関に立った。その年の冬は厳しく、校庭のそこここに雪が積もっていた。

受付の方が、全館放送で私の担当学生を呼び出すと、宿泊予定の同室の方がすっと現れ、部屋まで案内してくれた。肩にショールをかけ、すらっと背の高い素敵な方だった。部屋で互いに自己紹介をしたところ、その方は偶然にも熊本県出身の女学生だった。ギター部の部長を務めていた彼女は、歓迎と勧誘を兼ね、「アルハンブラの思い出」という美しい曲を演奏してくれた。試験の方も割合スムーズに終わったところで、私はすっかり津田塾に入るつもりでいた。

ところがその後、お茶の水女子大学の合格発表の中に名前が入っており、どうしたものかしばし悩んだ後、兄も大学生、妹も続いて受験するだろう、弟も高校に入るなどと考えていくうちに、自ずと授業料の安い、当時年間一万二千円だった国立大学に進むことに落ち着いた。母も女学校時代に、卒業後は女専に進み教師になることを希望していたことから、私の合格した大学が昔の東京女高師ということで気に入り、今度は母娘(おやこ)してお茶の水女子大学へと夢を膨らませていったのである。私たちは気の合う母娘であった。

「美人は損をする」

この入学の時に登場したのが、もう一人の親友ヒロ枝さんだった。母の友人のなかでただ一人東京に住んでいた方である。入学式が終わって、母と私はヒロ枝さんを誘って銀ブラをした。高女時代の修学旅行での思い出の地。二人は自由時間に三越本店に行ったそうだ。一階玄関に当時と変わらず聳(そび)えている天女の像の前で、二人は並んで記念写真を撮った。

高等女学校の修学旅行は、人生のハイライトといえるほど贅沢な行事である。母たちの場合は、一週間～十日かけて、山鹿から箱根、江の島、鎌倉、東京見物、日光への周遊を楽しんだのであった。ヒロ枝さんは修学旅行を終えてほどなく、女学校を去っていった。

彼女は、故郷で山鹿小町といわれるほどの美少女だったそうだ。四年生の時に山鹿の旦那衆のひとりの子息に見初められ、卒業を待たずに一緒になった。女学校を中退してしばらくの間は若奥様として華やかな生活を送っていたという。男児と女児二人の子に恵まれ、忙しいのかなと思っているうちに音信が途絶えていった。

戦争が激しくなり、兄が戦死。母自身の境遇にも影が差しはじめる。結婚後ほどなく長男を授かり、戦後を迎えることになった。今度は母の方が子育て時代に入り、食糧難のため農協勤めの傍ら、裏庭を掘り起こしカボチャや玉ねぎ、ナス、キュウリ、植えられるものは何でも植えて飢えをしのいだという。私が生まれた昭和二二（一九四七）年の頃は、いよいよ食べ物がなくなり困ったそうだが、私自身は世相に逆らい健康優良児に育った。

家から少し離れた場所、綾羅木川の川向こうに父方の祖母が相続していた畑があり、祖母亡き後、私が生まれてからは父がその畑を耕し、日曜農夫をしていた。サツマイモ、ジャガイモ、サトイモなどのイモ類、大豆、小豆、エンドウ、ささげなどの豆類、大根、人参、白菜などの冬野菜や、トマト、ウリにスイカなどの夏野菜など、多くの野菜に挑戦していた。私が小学校高学年になる頃、土地整理のため手放したが、この頃の父母の努力は幼い子どもたちの栄養源となったことは間違いない。

時を経て、私が高校生になった頃、突然店先に一人の女性が現れた。母にとって二十数年ぶりの親友との再会であった。都会的な雰囲気を漂わせた彼女は、出てきた母を見るなり、「光枝さんねぇ。たまがったぁ。タバコ屋さんになっとるなんて」。母が「この人がヒロ枝さんよ」と紹介してくれた。山鹿弁で数時間、二人は夢中でしゃべり続けた。漏れ聞こえる話から、旦那さんを亡くして山鹿に納骨した帰りだということが分かった。その後ときおり文通を重ね、次に二人が出会ったのが私の大学入学式ということになる。そのとき、お上りさんの私が困ったときのためにということで、電話番号をもらっていた。

入学後私は、しばらく建て直し直前の古い木造の大山寮に入って通学をしていた。「ボロは着てても心は錦」ってな具合である。建物の古さや汚さは全く気にならなかった。幸い当時の大山銀座には、朝から陽気な流行歌がかかっており、バナナのたたき売り、時にはチンドン屋なども出てたいそう活気があった。加山雄三の「君といつまでも」や森山良子の「この広い野原いっぱい」などの歌謡曲が大音量でかかっていたことを思い出す。私は、大山から東武東上線で池袋に出て、丸ノ内線で大学のある茗荷谷まで通っていた。

ヒロ枝さんの方は、池袋から出ている西武池袋線の大泉学園に住んでいた。夏休みになったら遊びに来てねと誘われていたので、夏休みになると早速出かけて行った。前もって母から送られていた下関のウニと干しワカメ、亀の甲せんべいを持って。たしか大泉学園の駅でお昼に待ち合わせた。一緒に並んで彼女の住まいへ向かって行く。どんな家にお住まいなのであろうか？いくつかの路地を曲がって、古い木造のアパートの前に立った。大山寮よりは少しマシだったように思う。明るく案内してくれたヒロ枝さんに驚きの表情は見せられない。私は平静を装って後に従った。

そこは四軒長屋の二階建てアパートだった。一階の二部屋を借り、一つにはご長男が、もう一つにヒロ枝さんは住んでいた。二つの部屋の間の廊下に台所とトイレが付いていたように思う。「どうぞ」と促されて、部屋に入った。「狭くてねぇ」と笑っておっしゃる。六畳一間の両脇には立派な家具がぎっしり置かれ、なかに新しい家具が一つ、それはその部屋に不似合いな大きく黒い仏壇だった。そして部屋の真ん中にちゃぶ台。「寝る時はそれをたたんで、布団を敷くのよ」。私はヒロ枝さん手作りの巻き寿司に目を向け、あまり周りを見ないようにして、ひとしきり母と関連のある山鹿高女時代の思い出を種におしゃべりを続けた。

旦那さんを亡くしたヒロ枝さんは、実は路頭に迷っていたのだ。女学校を最後の四年次のあと数か月を残して中退してしまったため、思うような職場も見つからなかったという。会った時は、生命保険会社の勧誘員をしていた。まだ入学したばかりなのに、卒業したら私も保険に入る約束をした。「ありがとう」と笑うヒロ枝さんは、その境遇をそんなに嘆いている風には見えなかった。私には、それが救いだった。そのときから、母を亡くしそしてヒロ枝さんが亡くなるまで、私は母の親友だったヒロ枝さんとお付き合いすることになった。

よく母は言ったものだ。「ヒロ枝さんは、美人だったばかりに周りに翻弄されて、人生を見失った。目立つほどの美人は損をする」。母が亡くなっておよそ十年後、ヒロ枝さんは、練馬区の特養で人知れず亡くなった。年賀状が届かなくなったので、前年の住所にあった施設に連絡をして分かったことである。

山鹿に帰った母

山鹿灯籠

昭和六三（一九八八）年春、母が亡くなる一か月前、再入院していた母の付き添いをしていた時のこと、「手術のおかげで二年間ゆっくりする時間が取れたので、たまりにたまった物を片付けることができた。あんたたちの物は、一人ひとり箱に入れておいたので持って帰っておくれ。私が着ていた洋服とあの黒いアルバムは妹に渡して。あの妹は引き揚げで持ち物すべてを失くしたから。これですっきりした。あとひとつだけお願いがある。墓仕舞いに山鹿に行った際に持って帰ってきた山鹿灯籠を、お棺に一緒に入れてほしい。これだけは忘れんといてね。死んだら私は山鹿に帰るから」。私が聞いた唯一の遺言ともいうべき言葉だった。山鹿灯籠というのは、室町時代から伝承されている山鹿特産の和紙と金箔だけで作られた伝統工芸の冠り物である。

　ところで、母の言葉にある墓仕舞いのことであるが、母の実家は、将来を嘱望され朝鮮総督府に勤めていた跡継ぎの兄を戦争で亡くして以降、途絶えつつあった。昭和四六（一九七一）年祖母が他界したのち墓参もままならず、遠くに住む母はお墓を整理し位牌は下関へ持って帰ることを決意した。その後お盆と暮れには、山鹿からはるばる下関までお坊さんが供養にみえていた。

　この墓仕舞いの折、私は荷物運びを兼ねて母と一緒に山鹿詣でをしたのである。翌四七年春のこと、母との二泊三日の旅行であった。私は大学院修士課程に在籍していた。熊本県北部に位置する山鹿は、熊本駅から車で北へ一時間、山間の静かな温泉街である。かつて江戸時代は細川藩の殿様の参勤交代の宿場、熊本から小倉へと向かう豊前街道の要衝であった。平安時代から由緒ある湯治・温泉の町としても有名で、菊池米の集散地、養蚕や酒造りを中心にかつては経済も栄えていた。もうこの山鹿の町に来ることはないであろう——母にとっては淋しい旅行であった。

　墓仕舞いを済ませ、その足ですぐ下の妹の住む高齢者施設に向かった。彼女は、近くに身寄りがなく障害を持っていたため、特例で入所を許されていたのである。「分かるかねぇ？」母が話しかけると、彼女は笑って「姉さん、ここは楽。ご飯ば炊かんでええから」と言った。ふたりの間を穏やかな時間が流れているように思えた。母は安堵したものの、ときおり目頭を押さえながら、彼女を励まし、そして別れを告げた。

あくる日、豊前街道を散策した。ここが嫁入り前に勤めていた銀行、その奥に芝居小屋があったはず。「八千代座」は、まだその時はさびれたままの姿であった。「あ、そうだ」と言って、その付近のお店で求めたのが大荷物になった山鹿灯籠だった。「これがあったんで、あんたに来てもろたんよ」。他の荷物はチッキ（鉄道の手荷物輸送）で送った。

私自身は死んだらすべてお終い、死後はないと思っているのであるが、母は死後の世界があるとかたく信じていたようであった。死後の世界があるとするなら、あの山鹿灯籠の明かりに導かれて、間違いなく山鹿の菊池川のほとりに辿り着いたはず。灯籠まつりにやって来ては、盆踊りを楽しんでいたのだろうか。山鹿灯籠まつりは、毎年八月に開催されている。

そして灯籠まつりの後は、きっと思い出深い八千代座を覗いていることであろう。

山鹿八千代座

八千代座は財を成した商家の旦那衆が地元への恩返しということで、明治四三（一九一〇）年に建てたものである。特に大正中期から昭和初期にかけて隆盛を極め、「山鹿のおへそ」のような存在であったという。

母から聞いた八千代座は、昭和初期の頃のこと。女学校時代に観たという岡田嘉子の話であった。『八千代座一〇〇周年記念誌』（二〇一二）の記録によると、「昭和七年、岡田嘉子が来演した。演し物は〈唐人お吉〉」、彼女の妖艶な美貌に若者たちは魅せられた」とある。

時は流れ、昭和四十年代になると、山鹿温泉鉄道も廃止となり、山鹿の町も大きく変貌した。交通網の変化により日本の経済地図は大きく塗り替えられたのだ。風情のある木造建築の名湯さくら湯も姿を消し、テレビの普及で客足の遠のいた八千代座も閉鎖の憂き目に遭った。その後はどんどん朽ちていき、取り壊すには金がかかるというわけでただ残っていたのだという。

そんなとき、「どぎゃんかせんと」と立ち上がったのが山鹿青年会議所の若者たちだった。昭和六一（一九八六）年に有志一同で八千代座復興期成会を立ち上げ、さまざまな催しに使える「活きた芝居小屋」としての保存活用をめざして募金活動を始めたのである。

若者たちの活動に触発されて、地元の老人会も立ち上がり、市民に瓦一枚分の寄付を募る「瓦一枚運動」を始めた。こうして二つの運動が両輪となり、やがて行政をも巻き込んだ官民一体の復興運動へと発展、昭和六三（一九八八）年には国の重要文化財に指定された。平成元年、改築が実施された後、「まちづくりの核」として一般公開と活用が再開されたのである。

悲願の八千代座存続は決まった。スタートを飾る催しがほしい。八千代座復興の姿を撮り続けていた後の八千代座五人衆の一人である古閑直子さんは、この舞台には玉三郎の艶姿（あですがた）がピッタリ。当たって砕けろ、話だけでもと八千代座の写真と資料を送って打診をした。「ほんなこつ、こんな人が来なさっとだろか」。

叩けよさらば開かれん。山が動いたのである。

平成元（一九八九）年五月、東京での記者会見席上、「舞台の原点ともいえる八千代座で踊るのは故郷に帰るような気持ちです。復興に役立つためにも三年間は続けてみたい」と坂東玉三郎は述べた。山鹿の人々の熱い思いが玉三郎を動かしたことは間違いないが、同時に不惑の年を目前にして、玉三郎自身も彼独自の歌舞伎の道、これからの生き方を模索していたのかもしれない。会見での彼のまっすぐな姿勢、発せられる言葉一つひとつは、居合わせた人々の心を圧倒した。

それからはとんとん拍子で、翌平成二（一九九〇）年一一月に公演が決定。七月の申し込み開始と同時に満席となり、追加公演が行われることになったほどである。観客のある者は玉三郎の眩いほどの艶やかさに酔いしれ、またある者は感動のあまり涙したという。平成八（一九九六）年から一三（二〇〇一）年にかけての山鹿市による大改修の期間を除き、ほぼ毎年、玉三郎の八千代座公演は続けられている。

ときに令和二（二〇二〇）年は三〇周年記念公演の年であった。本稿をまとめるにあたって、ずっと行きたいと思っていた公演に是非ともと、何度もネット情報を確認していた。ところが、この年に新型コロナ来襲。春の予定が秋に延期となり、夏には翌年への持ち越しが決まった。今年は八千代座での最後の玉三郎の艶姿を観て、あらためて、「母への旅」の締めくくりとしたい。

福田 須美子

棺の私と飛行場の母

同世代の友だちの口から、私が耳にしていたことの中に、「子どもを育てて初めて親のありがたみがわかる」という言い回しがあった。さかのぼれば大学時代にも「下宿して親元を離れると親のありがたみが急にわかるようになる」という言い回しを耳にしていた。どちらの言い回しも、私には、とても違和感があった。なぜ親元を離れるまで（あるいは子どもを育てるまで）親のありがたみがわからないのだ、と憤慨のようなものを覚えた。でも親元から大学に通っていた私は、そして、三十代後半になるまで子どもを授からなかった私は、もしも、それを発言すれば生意気に聞こえてしまいそうで、ずっと言葉にはしないまま、冷めた感覚で、相槌だけをうってきた。それだけ、「親のありがたみ」にベッタリと溺れて育ったのだと思う。

空港のための音楽

*　*　*

母は晩年の約十五年間、認知症をわずらった。はじめのうちこそ、近所の視線が失礼だ、物を盗られた等々、強気な言い分ばかりの症状だったが、赤信号をわたろうとして交通事故に遭い、入院したのをきっかけに、急激に心の病も悪化して、手足が利かなくなり、寝たきりになった。手足を動かさないでいると、内蔵の筋肉も弱る。ついに流動食が飲み込めなくなり、口に含んでも、食道ではなく気道から肺へと流れ込んでしまうようになった。嚥下（えんげ）困難症である。家族として延命措置をしない覚悟をし、点滴だけで半年ほど過ごした。最後の二か月間、一番苦心したのは「排便」である。人の体は栄養をとっていなくても、古い細胞を排便の形で出していかねばならないが、インナーマッスルが弱っているせいで、約六週間、どんな下剤を注射しても、また、デトックスに効果があるアロマオイルで身体中をマッサージしても排便にはつながらなかった。

ある時、祈るような思いで、マッサージする際の音楽を変えた。それまでは、クラシック音楽や、元気なころに好んだジャズや、平易な童謡をかけていたが、ふと思い立って、ブライアン・イーノの一九七〇年代のCD《空港のための音楽》をかけてみたのである。いわゆる「環境音楽」のはしりで、空港の待ち時間を埋めるための音楽というコンセプトにもとづき、あらゆる表現性を取り去ったモワッとした響きが、約五十分間続くCDである。山場がないので、いささかも感動しない音楽だが、その分、どれだけ繰り返しても飽きることがない。

おそらく、この音楽に効果があった。それまで浮腫んでいた身体が、排便のおかげでスッキリし、くすんでいた肌が白く淡く透き通るようになって、その数日後、母は心から「美しい」といえる姿で旅立っていった。空港での待ち時間を埋めるための音楽が、母にとっては、地上からの旅立ち、いわば「離陸」のための音楽になった。

家族の「死」を「離陸」になぞらえて《空港のための音楽》につなげる語り方は、あまりにレトリカルである。だがこれは、単に言葉の上でのレトリックではないような気がする。むしろ、その六週間の私の祈りの中心が音になったものであった。私は、母の身体の中にたまった澱をなんとか取り除き、清潔で身軽な、できれば温かい身体で最期の時を迎えられるようにと強く願っていた。そして、天に召される日を心の中で飛行機の「離陸」にたとえることで《空港のための音楽》を思い出し、耳を傾けていた。願いと祈りの日々に生まれた比喩的な「置き換え」が、あの時、私たち親子の道を開いてくれた。したがって、この時の「音楽の効果」は、母の魂にとっての効果であるよりも前に、私の魂にとっての効果であったと思う。

* * *

母はプライドが高く、ご近所や親戚の名前は覚えられないのに、革命前のフランスや帝政ロシアの貴族の家系図は完璧に頭に入っている人であった。父との折り合いがずっとよくなかったのも、クラス感を好む性格のせいであったような気がする。父は、人前で堂々と失敗し、ひょうきんに振る舞い、いわばピエロになることで人脈を切り開き、成果を獲得するタイプの企業人だったからだ。

私が、東京の実家から離れた福岡の大学に就職して一年が過ぎた頃、父が怪我をした。寝ている父の腹を、母が蹴ったのだ。若い頃からずっと折り合いのよくなかった二人が、父の退職後、同じ屋根の下でずっと過ごしていくことは、もう限界であるように思えた。

離婚を勧めて、母の扶養を引き受けた。あいだにたってもらう弁護士を選んだのも、引越しの手順を整えたのも私である。当時は、実家を放っておけないという切実な思いに突き動かされてではあったが、家族解体のためのプロセスを、まるで事務作業のように遠方から淡々とこなしてしまったのは、とても罪深いことであった。その少し前、占いの姓名判断師が、私の名前を「家族縁が薄い」と評したのが思い出される。

そして実際、その罪深さによって、罰を受けたような気がする。父と離れさえすれば、読書やフランス刺繍を楽しんで、静かに暮らせるだろうと思っていたのは間違いのようだった。福岡に移り住んだ母は、宅配便、マンションの管理人、新聞屋、ガス屋、水道屋、自治会など、ありとあらゆる人と喧嘩をしては「もうこんな場所には住めない」と宣言した。昼間、勤め先に出かける私と異なり、一日中、家にいるのに四面楚歌では過ごしづらいのも理解でき、実際に、六年間で四回にわたり、引越しを繰り返す羽目になった。

私は、もっと早く、母を病院に連れて行くべきであった。家族を解体する前に、父への狼藉(ろうぜき)の原因を「認知症」の症状だと突き止めるべきだったのである。でも私は、生まれてこの方ずっと、プライドの高い母、周囲とは交わりたがらない母、江戸風の巧みな啖呵(たんか)をきる母しか知らなかった。どの時点からが病的な領域であったのかが、当時よく認識できなかったし、今でもよく分析できずにいる。

日中の「徘徊」も、とても独創的な形をとった。県立博物館で即席の作品鑑定を口頭発表し、帰りに私の勤務先に立ち寄って、講演謝金の振込先として銀行口座のメモをおいてくる、というパターンである。当時の私は、こうした母の行動が耳に入るたびに「恥ずかしい」と言って責め、「やめてほしい」と泣いて、怒鳴り合いの喧嘩をした。でも今、距離をもって考えると、妄想的ながら高踏的な母の振る舞いを、もっと愛して包んであげられれば、認知症の進行を食い止められたのではないかという気がする。三十代に入ったばかりで、自分のキャリアを積むことに必死だった私には、まだその余裕がなかった。

＊　＊　＊

母を福岡に迎えた六年後、私は結婚した。

夫は警察官で、いろいろな揉め事に立ち会うことに慣れていた。義母が目の前で妻をなじり、威嚇のために電球を割ったりしても、冷静になだめることに、とても長けていた。

母を初めて精神科に連れて行ってくれたのも夫である。自分の知性に自信があり、感性的なプライドがとても高い母に、精神科の受診をどう説得するのか、私には想像もつかなかったが、「お母さんのお体が心配なんです」とシンプルな言葉を繰り返して、精神科を三回も受診させた手腕は、わが夫ながら、見事だったと思う。

受診のたびに、レビー小体型とも、脳血管性とも、アルツハイマー型とも言われた。しかし、長年にわたってこじらせた認知症には、類型分類はあまり関係がないかもしれない、とも言われた。類型にそって組み立てられた薬物治療も、どうやら、あまり意味がなさそうに感じられた。

母が交通事故に遭ったのは、私が娘を出産する七日前のことである。妊婦が真冬に事故入院の対応をするのは、しんどい面もあったが、出産予定日の二週間前から産前休暇をとっていたおかげで、昼間の時間がたっぷりあって、表現はおかしいけれど「上出来なタイミング」であったとも思う。

ただ出産後七日間は、自分が産院に入ったままであることもわかっていたので、母の病院の世話ができそうにない。洗濯や、枕元での読み聞かせをしてくれる家政婦サービスを探すため、インターネットを検索していたところ、ちょうど市内で起業したばかりのベビーシッター&シルバーシッターの派遣会社に出会った。やがて私自身が娘の保育に悩むたびに、この会社からベビーシッターを派遣してもらい、育児のプロから乳児の知覚特性や育児のコツを教えてもらえたことを考えると、この出会いもまた、「上出来なタイミング」だったと思えてならない。

* * *

私の場合、子どもを授かり育てていく中で、それまで酔うように抱きしめてきた「親のありがたみ」というものの象徴性から覚めていった。冒頭の友人の語りとは逆行するこの流れは、端的には二つのことから生まれた。

私は小学校にあがるまで、とても病弱な子だった。喘息の診断こそ受けていなかったが、よく気管支炎を起こし、咳が出始めると高熱が出て嘔吐し、家では手がつけられず、酸素吸入器のある病院に入退院を繰り返した。

その私のために、母が男雛・女雛を作ってくれた。「この子が死んでしまったら棺に入れてやらねば」と思ったそうだ。一体につき、炊飯器ほどの大きさもある、ずっしりとした木目込み細工で、公民館に半年も通って習ったものだと聞いている。紬布と七色の千代紙を重ね合わせた衣装からなる雛人形で、今でも毎年、飾ったり手入れしたりが楽しみな逸品である。娘時代の私には、この美しい雛人形と「棺に入れてやらねば」の言葉が結びつき、母性のありがたみとして、いわば象徴的に、ずっと胸に刻まれてきた。

しかし、自身が母親になってみて、娘のオムツを洗いながら、ふとこの言葉を思い出した時、大きな違和感に包まれた。私の娘は健康で、毎日五度も排便するほど、ぐいぐいと母乳を飲む食欲旺盛な赤ん坊であったから、私には、病弱な子どもを持った女性の日々の不安がわからなかっただけかもしれない。しかし「それにしても」という思いがよぎるのだ。もしも自分の娘が病弱ならば、棺に入れるための雛人形を作るために半年も講座に通うより、鍼灸（しんきゅう）・漢方は言うに及ばず、たとえ怪しげな祈祷でも何でも頼って、健康を願ったであろうと……。

私の幼稚園時代の写真には、いつも森永製菓の「マンナ」の箱を抱えた私が写っている。病弱だった私は「食の細い子」だったようで、母は「だから食欲が湧いたらいつでも食べられるように」と、幼稚園にもお願いして、マンナを箱ごと持たせていたそうである。娘時代の私にとって、マンナを抱えた自分の姿は、いわば、いかに己が親に苦労をかけてきたかを物語る証拠写真のようなものだった。

しかし、自分が娘を持ち、南瓜やホウレン草の離乳食を作って定時に食べさせ、食したものと排便との関係を見比べては育児日記をつける毎日の中で、こうした写真の意味も少し変化した。一日中、幼児の片手にクッキーを握らせていたら、満腹と空腹の区別もわからず、食事時にロクに食べられないのは当然だったのではないかと……。加えて、幼児期には始終クッキーばかりで栄養バランスが悪かったけれど、小学校の給食が始まって健康になったのではないかとも……。

雛人形やマンナにまつわる「親のありがたみ」の象徴性が、一つ一つほどけていく中で、私の中で少しずつ変化が起こった。棺もマンナの箱も、たぶん母にとっては〈鎮魂（ちんこん）〉だったのではないか。母は疎開先の長野でシラミに食われ、東京に戻ってからは十二歳で大空襲を経験した。火炎をくぐって逃げた翌朝には、地面に倒れた焼死体を裏返して検分したという。それだけが家族の安否を知る手立てだったからだ。戦後には、地面の草さえ、煮れば食べられるかと試した飢餓体験と、闇市に米を探しにいく日々が続いたそうだ。やがて専業主婦となり、公団の2LDKで、冷蔵庫も掃除機もカラーテレビも手に入れた昭和四十年代、発熱した娘に棺を見出し、熱が下がれば何時でもクッキーを握らせる思考は、母が子ども時代に、死と直面して為すすべもない無念や、食べることへの不安感が積み重なって、生まれたものだろう。戦中・戦後に未消化だった思いが、無意識から吹き出した行動だったのだろうと、今は思う。

＊　＊　＊

母親が、若い日の「やるせなさ」を、いつのまにか娘に託してしまうものだとしたら……。そんな恐れを、あまり強く感じないように、でも一方では、正しく恐れてブレーキにしなければ、と思う。

同世代の女性研究者にとって、研究キャリアのタイミングと結婚生活を始めるタイミングは、見定めるのが難しい。私は、結婚よりも一年前に博士論文を仕上げることができ、その点で、研究者としてラッキーだった。結婚・出産そして介護がバタバタと続く中、娘が二歳の時、春風社の石橋幸子さんとの出会いがあった。書籍化がまだ済んでいないのを、恩師に申し訳なく思っていたので、博士論文を送ってみたところ、しばらくして出版企画として検討が可能と言っていただいた。その電話を受けた場所――保育園の前の階段――の風景を、鮮やかに覚えている。

けれども、その嬉しい気持ちを抱えたまま、しばらく執筆作業を放置している自分がいた。それまでの私の研究テーマは、「物語」のない短編アニメーションの時間構造分析で、見るからに、抽象モダン絵画の応用のような原色世界は、まだ二歳の娘が関心を持つような領域には思えなかったからだ。結婚前にやりのこした宿題に今取り組めば、幼い娘の暮らしや情緒を狂わせてしまうのではないかと恐れ、娘が夢中になっているディズニー・プリンセスたちの世界に心を寄せた。

当時は、かわいい娘の毎日を見守るために、大学の勤務をやめようかという思いもしばしば湧いた。でも、退職にふみきってしまったら、十数年後に「子離れ」ができなくなりそうで、そんな重い母親として疎（うと）まれることも恐れていた。研究者マインドと母親マインドの中間で、もはや綱渡りのようになった心を鎮（しず）めるために、紀要にディズニー映画『アナと雪の女王』の楽曲分析をまとめた。あの時の状態は、ちょうど私の母が、娘時代の渇望と母親としての執着を調停すべく、木目込み雛人形という工芸にたずさわったのと同じかもしれない。

娘が五歳の頃、自分が執筆からもう逃げないように、勤務校の出版助成枠に応募し、出版の機会をいただいた。ところがその夏には、母の嚥下困難症が悪化し、入院先とのやりとりに追われることになった。注射針で穴だらけになった皮膚にふれ、点滴の針が静脈に入らない日が多いのを知ったとき、延命治療を諦め、自宅での看取りを決心した。毎日いろいろな手が代わりばんこに注射針を刺そうとする病院に、人一倍、感受性の強い母を、もう置いておけないと思ったのだ。

その後数日間、鼻腔にカテーテルを入れて痰(たん)を吸引することや、点滴ボトルを替えること等、看護訓練を受けて、ふつう医療従事者にしか認められていないことが、家族にはずいぶん許されていることを知った。

その間、左右の頭に、いろいろな思いが浮かんだ。育児の次には親の介護を言い訳に執筆から逃げようとしているのだろうか、病院での延命治療をもう少し延ばせば今すぐ執筆にとりかかれるのではないか、出版助成枠を早く放棄して同僚に出版チャンスを回すべきではないか、等々。

結局、自分の欲望をどれも手放せず、多くの方に迷惑をかけ、ただ助けを求めた。家での看病は、夫と五歳の娘が一所懸命手伝ってくれた。母を看取った後、編集者には、超特急の原稿校正につきあってもらった。自分の強欲には、つくづく、母と並んで「業(ごう)」のようなものを感じる。

＊　＊　＊

母の葬儀の日、私は、生まれて初めて「母の居ない世界」に生きているのを実感した。母から生まれた自分にとって、「母の居ない世界」は、文字通り初めてで、震えるほど不安で、寂しかったのを覚えている。

でもその日、娘が夫にたずねたそうだ。「お葬式が済んだら、お母さんはもう泣かない？」

自分では全く気づかなかったが、私は、母がまだ逝ったわけでもないのに、何度も泣いていたようなのだ。心ではもう旅立たせていたようなのだ。

かつて母が幼い私を「棺の中」のイメージで愛そうとしたことと、私が母を「飛行場」のイメージで旅立たせようとしたことは、とても重なっていた。

＊　＊　＊

ここ二年ほど、和服ばかり着たくなる。クラシック音楽、バレエ、ハリウッド映画、キリスト教信仰など、何をとっても「西洋かぶれ」の自分の生き方にマッチしないと承知しているにもかかわらずである。

四十代後半の「アラフィフ」年代に突入したからかもしれない。あるいは、在外研究中にカナダの多文化主義の中で民族衣装をまとうことへの憧れが増したのかもしれない。でも、あるいは、家でいつも和服を着ていた母の姿、そして、その仕草と手触りに同化したいからなのかもしれない。

母と娘の歌 〜中国モソ人の母系社会と我が家〜

母が生きていることが私の幸せ
母がいないと苦しくなる。
母がいなくなったら、
誰に本心を話すの？
母は仙女のよう、
みなから愛された。
母が私を育ててくれた故郷があれば、
どんな困難も怖くない。
母は道沿いの家に住んでいる。
母のもとへ帰るのだ。

私にとっての母と娘をめぐる物語は、中国少数民族「モソ人」の母系社会につながる。冒頭の詩はモソ社会に伝わる歌の一部である。中国西南部に暮らす「モソ人」との出会いは一九九七年の春であった。

一九九六年夏、私は多くの少数民族が暮らす中国雲南省を訪れる機会をもった。最初に訪れたのは、ベトナムへと流れる「紅河(こうが)」近くにある、美しい竹林に囲まれた少数民族「イ族」の村で、村人は竹で作った「割り箸」の生産で生計をたてていた。一泊二泊の滞在であったが、「しょっぱい」「酸っぱい」「辛い」とさまざまなタケノコ料理で温かくもてなしてくれ、村人と一緒に作った割り箸は今でも「お守り」ように大切にもっている。少数民族の村への訪問は、少し懐かしさを感じるものでもあり、子供たちのはにかんだ笑顔を今でも鮮明に思いだすことができる。私は近代化に呼応しながらも自然と共に生きる人々の暮らしに魅了され、中国少数民族への興味を深めた。

その後、大学院に進学し、当初は一九五〇年代から六〇年代にかけて中国で実施された少数民族に関する全国規模の現地調査をもとに研究を始めた。そのなかで、瀘沽(ルグ)湖という高原湖の周囲に暮らすモソ人の母系社会にひときわ興味をひかれた。

「モソ人の母系社会」は、好意をもった男女が「通い婚」という形で結ばれ、男女は同居せず、それぞれ母親の家で暮らす。二人の間に生まれた子供は母親の家で養育されるため、モソ人の母系家族は母方の血縁者だけで構成され、財産は「祖母—母—娘」へと引き継がれるという。モソ人の母系社会は、他の地域の母系と比べても非常に特徴的なようである。強い興味を抱いたと同時に、私はとても身近なものを感じていた。というのも、私が幼いころに父が他界し、母は私を連れて実家に帰り、「母方の祖母、母、私」の三人で長い間暮らしてきたからである。

母は今でも「本当は一生専業主婦で暮らしたかった」と言うほど、料理やガーデニングなど家のことをするのが好きで、新型コロナウイルス感染防止のための巣ごもり生活もまったく苦にならないというタイプだが、父の死という思いもよらぬかたちで「ワーキング・マザー」になった。母は女手一つで私を育てるのに苦労したであろうが、母方の祖母、父方の祖父母はみな私たち親子を支えてくれたため、母が仕事と家事で忙しい分、私は祖父母べったりの子供となり、「母子家庭」などと感じたことは一切なかった。その点、私は母にも祖父母にもとても感謝している。もちろん、私の周りには「通い婚」や母権なる「財産継承」はなかったが、自らの暮らしとモソ人の居住形態を照らし合わせ、親近感をもった。

こうして、私はまず濾沽湖に行ってみることにした。最初の訪問では、指導教官の王孝廉先生が雲南の民族学者、日本の研究者と学生の九名からなるツアーを組んでくれた。まず雲南省の省府・昆明(こんめい)に到着し、そこから雲南省社会科学院の車で、雲南省東北部と四川省の堺に位置する濾沽湖へと向かった。

雲南省は雲貴高原に位置し、山脈と谷が交差する複雑な地形をもつ。赤土が露出する山を越え、谷に下ることを繰り返し、昆明から約七時間を要して、少数民族「ペー族」が暮らす大理(だいり)に着いた。大理は、南詔国(七三八〜九〇二年)や大理国(九三七〜一二五三年)など古代王国の中心となった古都であり、今日も大理国時代の城壁が残されている。温暖な気候に恵まれ風光明媚なこの地は、一九八〇年代から観光地として人気があり、「バックパッカーの聖地」とも呼ばれるほど長期滞在する外国人が多く、開放的な印象がある。

翌日は大理を後にして、少数民族「ナシ族」が暮らす麗江(れいこう)に着いた。麗江はチベットと雲南を結ぶ交易の要衝地として栄えた街である。ナシ族とモソ人は密接な関係をもち、どちらも自称は「ナリ(黒い人という意味)」である。ナシ族もモソ人も山神信仰を大切にしてきた。ナシ族が「聖なる山」と崇める「玉龍雪山」は、男神の山として篤く信仰され、麗江の市街地から万年雪をたたえた雄大な姿を望むことができる。

ナシ族とモソ人の習慣のなかで最も異なる点は婚姻家庭形態である。麗江に暮らすナシ族は漢民族の影響を強く受け、家父長制の家族形態が主流であり、母系家族はみられない。

一九三〇年から四〇年代に麗江に滞在したロシア人、ピーター・グラードは日記風に書いた滞在記『忘れられた王国』のなかで、モソ人女性がキャラバン隊とともに麗江を訪れた際、ナシ族が通い婚をするモソ人女性を「自分たちとは違う人々」という目線でみている情景を描写している。

その後、私たちは玉龍雪山を背にして、瀘沽湖へと向かった。麗江から山谷を越え、八時間の行程を経て「寧蒗(ニンラン)イ族自治県」の中心である寧蒗(ニンラン)に着いた。この地にはイ族が多く暮らし、家父長制を中心とした階級社会を築いてきた。他民族との婚姻は強く反対され、民族内でも同階級の者同士の結婚を強く要求されるという。イ族は黒、赤、緑など原色をつかった鮮やかな民族衣装を着用しており、私は少数民族の地に来たのだという強い感覚をもった。翌日さらに山岳地帯を六時間ほどすすみ、車酔いも限界かというところ、「瀘沽湖に着いた」という声を聞いた。車窓に目をやると、まさに眼下に瀘沽湖が姿を現していた。山々に囲まれた高原湖は、これまでの長い道のりを忘れさせてくれるほどの美しさであった。

モソ人の母系社会

瀘沽湖はモソ語で「シナミ」といい、「母なる海」という意味である。湖を囲む山々のなかで最も高く悠々とした姿で聳(そび)えているのが、地元の人々から「ガム」と呼ばれ大切にされている獅子山である。「ガム」とはモソ人が暮らす永寧(えいねい)盆地を守る女神の名である。人々はこの山を「ガム女神」の化身として崇め、旧暦七月二五日には山の中腹にある「ガム女神廟」に参り、女神を祭る。一方、「ガム女神山」の周辺にある山々は、ガム女神に通い婚をする男神の化身とみなされている。人々はガム女神を次のように語り継いできた。

昔、者波(ジャボ)村に美しい娘がいました。彼女は生まれて七日目に話ができるようになり、彼女の話は歌のように美しく、人々の感動を誘いました。そして彼女は生まれて三か月経つと、天上の神たちと競うほど聡明になり、地上の事はなんでも分かるようになりました。彼女は三歳になると、迎春花のように美しく育ち、その美しさはすべての村に伝わり、すべての人が彼女を見に来ました。彼女が一八歳になったころ、若い男たちはみな彼女に求婚するようになり、求婚の歌が水のように流れ、贈り物が山のように積まれました。しかし、娘はずっと口を開かず、慌てた若い男たちは毎晩彼女の家に行ったのです。その美しい娘の名前をガムといいます。

ある日、彼女が母親を手伝って畑仕事をしていると、天上の男神が彼女を見初め、気に入ってしまいました。そこで男神は突風をつくり、彼女を天上にまで吹き上げてしまったのです。彼女は空中で泣き叫びましたが、男神は彼女をしっかりとつかんで放しませんでした。永寧盆地のすべての人は彼女の声を聞き、その様子を見ていたため、地上で叫びはじめたのです。その声は雷のように鳴り響きました。男神はその叫び声を聞いて驚き、慌てて手を放しました。すると、ガムは獅子山の頂上に落ちてしまい、それから再び村に戻ってくることはなかったのです。彼女は白馬に乗り、左手には珍珠木を、右手には短い笛を持ち、永遠に山の頂上を回り続け、永寧盆地のすべての人と家畜の平安を守りました。暴雨や強風の時には彼女は真っ白な雲になって、山の頂上を漂い、暴雨や強風の予兆を知らせるのです。それに人々は感激して、毎年七月二五日に山を祭り、歌や踊りで彼女を祭るようになりました。〈後略〉

（『雲南摩梭人民間文学集成』三七五頁、筆者訳）

ある年、ガム女神はログアナ男神と出会い、お互いに好きになり、男神は女神のもとに通うようになりました。彼らは互いに一目惚れをして、離れることはできませんでした。毎晩日が暮れると、ログアナ男神は栗毛の駿馬に乗って、千里の道を乗り越えるようにして密かにガム女神と逢っていました。しかし、彼らは昼も夜も寄り添っていることはできず、必ず夜にきて夜明け前には別れなければなりませんでした。いつも慌しく会うことしかできなかったので、時間の尊さを実感していました。ある晩、ログアナ男神がガム女神を訪ねた時、彼らは心行くまで楽しみ、男女の愛情の快楽に酔いしれて、時間がたつのを忘れてしまいました。ログアナ男神が目を覚ました時、天はすでに白み始めていたので、彼は猛烈な勢いで自分の腕の中で寝ているガムを起こし、慌てて馬に乗り鞭を打って飛び去ろうとしました。しかし天神はすでにくぼみを設けており、男神の馬の蹄はその泥のくぼみにはまって抜けなくなってしまったのです。そして男神の馬はあっという間に一筋の青い煙となって天に昇ってしまい、そこにはただ深々とした馬の蹄だけが残りました。

ガム女神は自分のアチュが天神に罰せられたのを見てひどく悲しみ、男神の後を追いかけましたが、馬の蹄の跡にたどり着く前に日が昇って空が明るくなってしまったのです。彼女の目には涙が泉のように溢れ、悲しく大声で泣きました。まもなく馬の蹄跡はガム女神の涙でいっぱいになり、それが瀘沽湖となったのです。ガム女神は悲しみが癒えないまま獅子山となってしまったため、その山は馬の蹄の前に伏し、天をにらみ、永遠に男神が飛んでいってしまった方を見て、動かずにいるのです。これが獅子山と瀘沽湖が今ここにある所以です。

（遠藤耕太郎『モソ人母系社会の歌世界調査記録』五九－六〇頁参照）

モソ社会では、人々の暮らしを守る大自然にまつわる信仰と神話が女神を中心に成り立っており、ガム女神はまるで人々の隣人のように親しみやすく語られている。かつて「通い婚」が遅れた風習として禁じられたとき、人々は「私たちの女神も通い婚をしているのに、なぜ通い婚ができないのか」と抵抗したというエピソードにも、人々とともに暮らす女神の姿がみえるのである。

モソ人の婚姻家庭形態は実際には非常に多様である。婚姻形態には「通い婚」と「妻方居住婚」と「夫方居住婚」の三つの形態がみられる。この地の「通い婚」は、モソ語で「セセ（歩くという意味）」と呼ばれる。『源氏物語』を思わせるもので、夜になると男性が女性の部屋を訪ね、早朝に男性が自分の生家に帰る形式をとる。男性が事前に女性のもとを訪ねる時間等を知らせる場合もあれば、時間の約束はせず、直接男性が女性のもとを訪ねてドアをノックしたり、女性の部屋の窓に小石を投げたりして訪問したことを告げて部屋のなかに入れてもらう場合もある。いずれにしても、男女双方の感情が尊重されるが、労働と生活の基盤は自身の母親の家にあると考えられている。

「妻方居住婚」は婿入り婚で、かつての台湾アミ族など多くの母系社会で見られるが、モソ社会では一般的ではなく、通い婚相手の家族が姉妹ばかりで男性が不足しているときに行われる。「夫方居住婚」は嫁入り婚の形態である。トロブリアント諸島などの母系社会では男女とも父親の家で生まれ、息子はそこで結婚した後、母方の家に移り住む。モソ社会では通い婚をする男性の姉妹が少なく、女性成員が不足している場合、女性が男性の家庭に移り住むことによって「夫方居住」が採られる。また、文化大革命期には強制的に女性が夫の家に嫁がされた場合もあった。

家族形態も「母系家族」のみならず、「母系父系並存家族」「父系家族」の三形態が存在する。母系家族では、成人男女は通い婚を行い、一生母親の家を生活基盤とする。母親と母方のオジに対する敬愛の念が強く、各家族には「達布（ダブ）」と呼ばれる家長（一般的には、仕事ができる女性が担当する）がおり、ダブは家族の生産計画、労働の分配、食事の計画、財産の管理、宗教祭祀の責任をもつ。一方、家庭内の儀式や比較的大きな売買、婚姻以外の社会的交際の方面はオジか能力のある男性が受け持ち、家庭内の分業がはっきりしている。母系家族は「爾（アル）」という一人の女性を祖先とする血縁集団から「斯日（スリ）」とよばれる母系氏族に分岐して形成されたと言い伝えられており、死者の魂は同一の「爾」のルーツをさかのぼって祖先のもとに帰ると信じられている。その魂が戻るルーツが母系によるものであり、一つの家族のつながりと考えられている。

二〇一三年、ある村で行われた調査資料よると、一夫一妻制が八割を占めており、増加する傾向が顕著であることを示している。しかし、モソ人の一夫一妻は、通い婚で結ばれた男女が大家族から独立して同居するケースが多く、一夫一妻をやめて母系家族に戻ることがあるなど流動的であり、モソ人社会全体としては母系の観念が残っているといえる。次の歌には母を残して嫁ぐ娘の心情をみることができる。

母を見捨てない

別の家に私を嫁がせるという。
母をどうして置いていくことができようか。

若いときは母の気持ちが分からず、
母を家で一人にさせた。

帰り道では歌いながら戻った
もうすぐ母のもとに帰れるからだ。

母は私を呼び戻したが、
母への贈り物がないので戻れない。

遠くの山で雀が鳴いている。
まるで母が私を呼ぶようだ。

遠くに行けば行くほど、
家から離れれば離れるほど母を思う。
高山の分かれ道は忘れても
忘れることができないのは母の言いつけだ。
私は遠くへ出かけて楽しい思いをしたとしても、
可哀そうな母には付き添う人がいない。
私は母を置いてあなたの家に来ました。
これはあなたの幸せだと思わないで。
私はあなたを捨てられなかった哀れな娘。
家を捨ててあなたの家に嫁いできた。

（『雲南摩梭人民間文学集成』二五八－二五九頁、筆者訳）

近年、私は口頭で代々受け継がれてきた歌の取集をおこない、歌い手の声を聞いている。先の歌にもみられるように、母系の観念や母系血縁を軸とした強い結びつきを基盤としつつ、家族や個人の状況に応じて多様な結婚の形が選ばれる。つまり、母系家族の継承を最も大切にしながら結婚の形が選択されるのである。モソ人にとって、家族が何より大切なのである。

モソ人の村に通い始めた当初、村のおばあちゃんは私の顔をみるたびに「可哀そうに」と言っていた。「日本はどこにあるか知らないが、家族から離れて一人で遠い村にいるなんて」と言うのだ。楽しくフィールドワークをしていた私は「ここが好きだから可哀そうではないよ」と真面目に答えていたが、今モソの母たちを思うと、おばあちゃんは「私の母は娘が遠いところに来て、可哀そう」と私の母の気持ちを思っていたのかもしれない。しだいに、モソ人家族は私を受け入れてくれ、今では子供たちは私を「おばちゃん」、そのまた子供たちは「おばあちゃん」と呼ぶ。私はモソの家族から学ばせてもらうことが多い。モソ人の婚姻家庭形態の魅力は「包容」と「協調」である。互いの考えを受け入れながら、人々は恋をし、結婚し、子供を育て、家族を作り上げていく。和睦や融合を守ることを美徳とし、みんな協力しあい、客人を丁寧に受け入れるかたちが自然と出来上がっているのではないだろうか。これは厳しい自然環境を生き抜くために守られてきた規則であり、生きるための選択である。しかし、観光の文脈であれ、学術研究の文脈であれ、モソ人文化が語られる時には「母系社会」と「通い婚」の特殊性のみが前面に出されるのである。

私は二〇一九年、モソ人の村に約半年滞在し、二〇二〇年の正月もモソの家族と一緒に過ごしていた。その後まもなく、新型コロナウイルスが確認され、感染拡大防止のためにモソの村も封鎖された。私はモソの家族の家から一歩も出ずに一か月を過ごした。当時、日本にはまだ感染は広がっていなかったが、感染者が増えていくニュースを毎日スマホで見ていた。モソの家族は私に「あなたはモソの家族と一緒にいるから大丈夫、守られているから」と言い、一人で日本にいる私の母のことを心配してくれていた。母は日本でニュースを見て、一人で中国にいる私を心配していた。私は母に安心してもらうために毎日電話をしたが、モソの家族も写真を撮って母に送ろうと言ってくれたり、中国語も分からない母にテレビ電話で話しかけたりもしてくれた。この一か月に感じたモソ人の「包容」は一生忘れないであろう。生きるために家族が家から離れる辛さを知っているからこそ、家族のつながりと幸せを最も大切にするのだということを強く感じた一か月であった。

母に捧げる歌

モソ人の村でのフィールドワークでは、私は女性や男性が歌を歌う場には必ずビデオカメラを持ってはせ参じた。そして、彼女彼らの歌や踊りを何度も録画し、録画した映像を彼女彼ら自身にみてもらった。そして、彼女彼らの農作業や家事の合間におしゃべりや歌についてのインタビューをさせてもらった。「代々引き継がれてきた歌は誰から教わったの？」「どんな歌が好き？」「あなたたちの歌を子供たちに伝えるにはどうしたらいいと思う？」ということを尋ね、彼女彼らは歌に対する熱い思いを伝えてくれ、自分の歌に興味を持ってくれて嬉しいと語ってくれた。

この地には、「歌垣」の習慣が受け継がれている。今日若者が「歌垣」で歌合戦をしたり、愛を伝えたりすることはほぼないであろう。今はスマホ時代で、一瞬で写真付きのSNSを送り合う時代である。自分の気持ちを即興で比喩にして歌にのせるなんてことは、電子調理器を前にして火おこしをして煮炊きするようなものである。歌の継承者は減少している。

私がフィールドワークで出会った四十代から五十代の歌上手な女性は、育った環境はまるで異なるが、私と同世代の女性たちだ。なかでも、村でも名の知れる歌名人の「ダシ」という女性と親しくなった。その女性の母も歌と踊りが好きで、かつて十数人の家族の一日の食事を心配するような、大変貧しく苦労をした時代でも、みなが集まると自家製の酒を飲んで歌を歌い、踊っていたそうだ。そして家に帰ると疲れて寝てしまう。そんな母親を見て幼いころの彼女は恥ずかしいと思っていたそうだ。しかし、その後気づけば自分も歌好きになり、どんなに忙しくても歌ったり踊ったりするときには率先してでかけるようになっていったという。

ある冬の日、私は彼女の歌を録画させてもらい、彼女が歌を歌うとき、どんな気持ちを持っているのかインタビューさせてもらった。お茶とお菓子をいただきながらいろんな話をしていたら、日が落ちて寒さが増してきたので、インタビューを切り上げて宿舎に帰ったのだが、夜になって彼女から電話がかかってきた。「インタビューでは母への気持ちを伝えきれていなかった。あなたがこれから原稿を書くときに私の歌に母への気持ちがあることを分かってほしい。これはちゃんと伝えたかったから電話したの」という。彼女が歌う歌には母の影が見えているのだ。そしていろんな歌を聞くうちに、母への気持ちを歌った歌が多いことにも気づいた。
母系社会であるがゆえに、「女性が権力をもつ国」「女性の王国」などと言われることがある。しかし本当にそうであろうか？　モソ人の間で歌われてきた母へ捧げる歌は、次のように、母の苦労と育ててくれたことへの恩情を、沈んだ調子のメロディーで歌ったものが多い。

母の愛と恩情は忘れることができない

思い悩むことすべて忘れることができても、母親の恩は忘れることはできない。
母の慈愛に満ちた呼び声を聞くのは、香り高いスリマ酒（自家製の醸造酒）を飲むようだ。

幼いころ、母親はひな鳥を世話するように私を育ててくれたが、
子供たちは成長すると鷹のように飛び立っていった。

母親はとても苦労して私を育ててくれた。

成長したら母に寄り添える人になりたい。

世の中の母はみな真心をもって子供を育てる。

他の人はみな私の気持ちを理解できなくても、
母親は私の本心を知ることができる。

母が笑って私のそばにいてくれさえすれば、
お粥のみの食事でも温かい心になれる。

私が選んだ恋人（アチュ）は
母に気に入ってもらいたい。

母は苦労して私を育ててくれた。
私もいつも母を心配していたい。

母が導いてくれなかったら、

私は正しい道を歩いていなかっただろう。

母が死んで会えなくなったが、
いつも私の心を照らしてくれる。

私を生んでくれた家にいるだけで、
たとえ貧しくとも楽しい。

母はすでにこの世にはいないが、
私を育ててくれた恩情は私の心のなかにある。

哀れな母親の愛

母鶏が行くところにひな鳥はついていく。
母が行くところには子供がついていく。

自分の手で私を育ててくれた母でなければ、
かわいがってくれる人がいないない可哀そうな私。

最も心を打たれる歌は母が私を叱る言葉。
その言葉は赤く燃える鉄が心を焼き付けるようだと他の人はいう。

母が私を誉めさえしてくれれば、
全ての苦労は報われる。

母が私を生み育てるのはとても苦しかった。
だが私は母が生きている時は母に従わなかった。

家では母が中心で、
外ではオジが教えてくれた。

私を生み育てた母でなければ、
私の性格は分からない。

一生苦労して亡くなった母、
哀れな母の愛。

〈中略〉

母が我慢強くないと思わない。
ただ思うようにいかなかっただけだ。

母は子供たちを育てるけれど、
全ての子供が思うようになるわけではない。

私を育ててくれたのは母だが、
私の心を育てたのはしきたりだ。

母が子供たちを大きくなるまで育てたら、
後は子供たちが自分で生きていかなければならない。

母は子供を育てるのに心配をし苦労をしたが、
子供たちも母の苦しみを分かっている。
子供たちには母が味わった苦労を味わってほしくない、
ただ子供たちが立派に成長するのを望むだけ。

（『雲南摩梭人民間文学集成』二五三－二五五頁、筆者訳）

歌詞をみると、歌の名人「ダシ」が「母がいたから私は歌う」と語ったこと、ある日ダシが歌う母への歌に、傍で聞いていた若い女性が「私たちはもうこんな古い歌は歌えない。なぜこんなに心に響くのか」と言いながら「ダシ」の手を握り涙した光景を思い出す。

私にできることは、「母への歌」を記録し、残すための手助けをすることだけである。

母と娘

二〇二〇年二月、雲南でのフィールドワークを終えて帰国した。母は定年後、一生専業主婦でいたかった夢を取り戻すかのように、家での時間を楽しんでいた。祖母はとてもおしゃべりで、ことあるごとに「寺のおじょんちゃん（お嬢様）だったから、女学校にいかせてもらった」という話を私に聞かせていた。子供のころ、母はあまりに忙しく、ゆっくり話をした記憶はないが、今では昔の話から親戚のことなどとてもよくしゃべる。その姿に祖母を重ねることもしばしばだ。私の友人が我が家に遊びにきても母はよくしゃべるので、私の友人も我が家のことについて詳しくなってしまったぐらいだ。私は祖母と母に育てられ、自分からは多くを語らず話を聞くタイプの人間だと思っているが、この先のことは分からない。

母の退職後は、一緒によく旅行をするようになった。思い出深いのは母が生まれ、三歳まで育った鹿児島への旅行だった。母は僧侶として鹿児島の西本願寺に勤めていた自身の父や母との思い出をたどりながら、鹿児島市内をめぐった。母の子供のころのこと、祖母のこと、会ったことのない祖父のこと、幼少期の叔父、叔母のことを聞くことができた旅は楽しかったし、母が喜んでくれたことが何よりうれしかった。

母は長年「ワーキング・マザー」を貫かなければならなかったことからであろうか、私の前ではとても気丈である。私は時に圧力を感じ、ぶつかり合うこともしばしばだ。友人のほうが私の母の本当の顔を知っているのかもしれないと思うことがある。二人の生活は不穏な空気がながれると行き場がなくなる。時に友人に愚痴ると、我が家のことをよく知る友人は母と娘の性格を客観視し、的確なアドバイスをくれるのである。

ある時、私と私の親友と母の三人でベトナムへ女子旅をしたことがある。フリーツアーだったため、旅先でのプランを自分たちで立てなければならない。私は行きたいところや食べたいものをチェックして楽しむ予定だった。しかし母は私というあまりに不慣れなガイドについていくしかなく、本当にちゃんと目的地にたどり着くのか、このレストランは衛生的に問題ないのかと不安で仕方ない様子でいちいち大丈夫なのかと聞く。いらだちがつのり、友人には申し訳ないが、旅先で親子は口をきかなくなり、沈黙の女子旅となってしまった。

そして、いよいよ旅を終えて日本に帰るとき、ハノイ空港で私が一人洗面所に行ったおりに母や友人とはぐれてしまった。私は日本便の搭乗口に行けばそのうち会えると慌てなかったが、友人が言うには、母は私の姿が見えなくなった不安で泣いていたというではないか。きっとそのことを尋ねると母は忘れているだろう。このエピソードを読んで、そんなことはなかったというかもしれない。母は常に「母らしく」を貫いている。

モソの歌に、「母が元気でいてくれたら私は幸せ」という冒頭でも一部引用した歌がある。

高山の樹枝は風に揺れる。
まるで母が私に手を振っているように。
高山のカッコウの鳴き声は
母が私を呼ぶようだ。
母が娘を育てるのは容易ではない。

若いときには青春を楽しむからだ。
娘は出かけるとき
母を心配させてはいけない。
杉松が密集した高山で、
私の苦労を母は知らない。
私の苦労は当然で、
母の苦労を思いやる。
母は日夜私を思うが、
心配しないでと母に言う。
同行する友はいいやつばかり、
母の側にいるようだ。
母に他にも子供がいることを望む。
一人っ子はまるで一本の薪に火をつけるようだから。
他の家は姉妹が多く、
日々楽しく過ごしている。
お母さん、私のことを心配しないで。
自分のことを心配してください。

私を育ててくれたことに感謝します。
ただ自分の運命が苦しかったことだけを恨む。
高山の分かれ道に来た時、
いい仲間を探すことが大切だ。
母が生きていた時は
門前の作物がよく実るようだった。
毎日たくさんの仲間がいるが、
心の声は話せない。
母が側にいたときは
楽しいことも苦しいことも母に話せた。

（『雲南摩梭人民間文学集成』二五六－二五八頁、筆者訳）

私がモソの研究をするとき、そこには家族というものを客観視する自分と、家族に感情移入している主観的な自分がいる。家族を離れて旅立つ子供を待つモソの家族の顔を見ながら、私の帰りを待つ母のことも想像するようになってきた。

かつてキャラバン隊で家を離れる息子が母を思い歌った歌がある。

遠い場所で母を思う。
青草の先にも露がかかっている。
母が私のことを忘れませんように。

遠くに瀘沽湖が見えるが、
母の姿は見えない。

いろんな道を歩いたが、
母に会うことはない。

故郷からどんどん離れてしまい、
母を思って戻りたくなってしまう。

私は外で楽しく過ごしているが、
母は家でどうしているだろう。

山を越えて、村を見るが、
どの村にも私の母はいない。

母を思って思わず涙する。
天上を飛ぶ鳥よ、私の気持ちを母に届けておくれ。

モソの家族をいろんな角度から見つめることは、私自身をいろんな角度から見つめることにつながっている。家族は悲しみ喜び、別れ出会いをくりかえしながら、引き継がれていく。家族とは私にとっては母と娘の物語である。

万物にはすべて母がいる。
ああ、地上の生命にはすべて母親がいる。
地上にはたくさんの川があるが、
四方の山が母親である。
天上にはたくさんの彩雲があるが、
地上の水流が母親である。
天上に光り輝く月は

多くの星が母親である。
白昼に照り輝く太陽は
青空が母親である。
山の密林は
杉林が母親である。
翼をもつすべての鳥は
雁(かり)が母親である。
蹄(ひづめ)をもつ動物たちは
野牛が母親である。
地上のすべての道は
大地が母親である。
地上のすべての青草は
春が彼らの母親である。
すべてのモソ人は
ナムアジャ（女始祖）を母とする。

（『雲南摩梭人民間文学集成』二六四－二六五頁、筆者訳）

この歌が自然の摂理と原初に母を重ねるように、「母」という「根」をもっているからこそ、人々は旅立つことができ、「根」のある安心がモソ人の「寛容」「包容」「協調」に結びついているように思う。改めて「母」のことを考えると、他者を理解することは到底無理だと思えてくるが、理解できなくても帰ることができるのが「根」なのかもしれない。

今後、母のもとから旅立つ往来とモソの文化を探求することが、写し鏡のように照らし合うものとなることを願っている。

金縄 初美

（参考文献）

雲南省民間文学集成辦公室編『雲南摩梭人民間文学集成』中国民間文学出版社、一九九〇年
遠藤耕太郎『モソ人母系社会の歌世界調査記録』大修館書店、二〇〇三年

明暗を生きる若葉のころ

母の喪失

小学四年生のころ、クラスにUという男の子がいた。この子の家は、村長さんの家のとなりに生垣をめぐらせた立派な構えを見せており、父親と、年の離れた兄さんと姉さんとで暮らしていた。Uは元気な、大声でよくしゃべる子だった。態度にはちょっとガサツなところがあり、服装もかまわないで、ズボンからシャツがよくはみ出ていた。

ある放課後、教室にわたしとのぶ子さんとがいた。のぶ子さんは東京の実家から一時こちらの親戚に寄留している人で、目がくりくりして髪がカールし、いつでも霜やけのように厚ぼったい

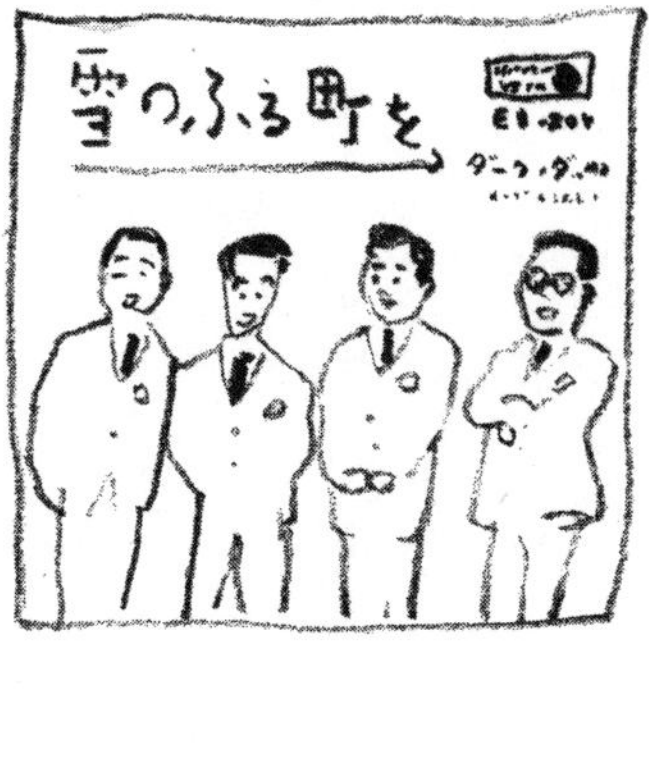

手の甲をしていた。

突然、前後の脈絡もなく、わたしはUにはお母さんがいないということに気づいた——以前からそのことは知っていたのだが、実感として、暗い底知れぬ空洞をのぞき込むような恐怖を共感的におぼえて、泣き出した。心配そうに

「どうしたの？」

とたずねる級友に、わたしは、

「Uちゃんにはお母さんがいないのよ。かわいそう！」

と唐突に舌足らずなことを言って、さらに声を立てて泣いた。

やさしいのぶ子さんは、もらい泣きして涙をぬぐっていた。じつは、のぶ子さんも母親を亡くし、お父さんが再婚されるという話があって、それでかどうか、遠い親戚を頼ってたったひとりで田舎の学校に転校してきているという事情を、うすうす聞いていた。わたしたちの学校の校長先生の姪にあたるのだが、そこには寄宿せず、そのまた親戚の夫婦と小さい子どもがいる農家に身を寄せていた。農繁期にはのぶ子さんも大きな牛を追って、田畑に行って手伝うことがあると彼女自身から聞いた。都会の女の子が…と、それにもびっくりし、思慮深そうな大きな目で何かをじっと見つめるのぶ子さんに、わたしは一種の尊敬と憧れさえ抱いていた。でもそのときは、彼女のためにではなく、むくつけきUのために泣いたのである。

のぶ子さんは誰のために涙を流したかは、知らない…。

そこへ、偶然というかなんというか、Uがひょっこり教室に入ってきた。泣いているわたしたちを見て怪訝(けげん)そうな表情の彼に、

「Uちゃんにはお母さんがいないでしょう。それで、かわいそうで、泣いてたの」

と言うと、彼はいっそうきょとんとして
「え？」

と、聞きなおした。が、こちらが繰り返さないうちに言っていることが何となく分かったらしく、黙って自分の机に近づき、机の上蓋を開けてごそごそと何かを探していた。

わたしは彼の顔を見た。がさつなUの顔には、これまでけっして見られなかった幼いさびしげな表情が浮かんでいた…。机を閉じて、横をすり抜けざまに彼は一言、

「いいよ」

と言った。

それは「ぼくのためにそんなに泣いてくれなくても」という意味にとれた。それでわたしも落ちつきをとりもどして、涙を拭いて、おしまいになった。

＊　＊　＊

こんなことが、もろもろの雑多な遠い記憶の中に鮮明さを保っているふしぎ。——なぜ突然、母のない子の現実を超えて、勝手にあのような涙を流したのか、長い間なぞだった。

ずいぶん後になって、じつはわたしは、Uをなぞって自分自身のことを哀しんだのではなかったかと、思いあたった。実際には母は現存していたにもかかわらず、戦時末期の日本中が混乱している時代背景の中で、わたしは母を失っていたのではなかったか、あるいはとりもどそうとあがきつつなかなかつかめないままに、永遠に失うことの恐怖におののいたのではなかったか。小学校に入学する年齢のときに、しっかりしている子だから大丈夫とみなされて、独りで縁故疎開した先の家庭には温かさがなかった。終戦で家族が一つになるまでの暗い孤独な生活でうけた心のダメージは、まさしく母なるものの喪失体験だった。そして思春期にさしかかる時期に、「あなたの根っこの問題は、それよ」と、深い心の叫びがにわかに表面に浮き出て、感涙を突き動かしたできごとではなかったか、と。

とりもどしの抗争

学年がすすむにつれて、わたしの心の動きには、さまざまな場面で明暗の二面が生じていた。家ではよく手伝いもしたし、家族の誰それの誕生日などには、プレゼントを工夫してこしらえた。たとえば編み物の得意な母には、細長い空き箱に余り布でアップリケを施した棒針容れを。そういう娘の行為を母は素直に受け取り、多少稚拙でもやたらにほめることを惜しまなかった。それはわたしの行動を明るく方向づける原動力となった。学習意欲は旺盛で、「勉強しなさい」と言われたこともなく、逆に、夜遅くまで本を読んでいたりすると、母にもだがとくに父からたびたび咎められた。父の言い分は「家で勉強しないと学校でついていけないようなことでどうする」とか、「そんなに頭を悪く生んだ覚えがない」とか。ずいぶん変わったしかり方だが、充分説得力があるとは言えなかった。自分の能力や勉強に対する姿勢については、父とはちがったものを感じていたし、本を読むことが何より楽しいことだったので、父が近づくとみるやあわてて手元の電気スタンドを消して寝たふりをし、行ってしまうとまたこっそり起きて本の世界にもどるのだった。

父は、女三人、男二人いる子どもすべてに――末の弟にはすこし甘いとわたしたちは陰で言っていたが――タイラントぶりを発揮した。長男である兄にはとくに厳しかったが、女の子だといって手加減はしなかった。父は戦後、農業改革行政の一環として設立された県立実験農場をその長として任されていた。そこに家族も居住したので、作業場と呼ぶ建物内に据えられた大きなサイロに収穫された稲もみを入れる時などには、身軽な子どもが中に飛び込んで渡されるもみの袋を待ち受けて中身を空けていく、といった荒い仕事もさせられた。わたしにとってはそういう活動もけっこうおもしろかったのだが、いろいろ小言を言われて暗い気分のまま手伝いが命じられるのには閉口した。手伝っていてうっかりものを取り落として壊したり、コードをひっかけて躓いたりは、本人が反省する暇もなく、ことごとく父の感情に火をつけた。わたしは少しでも怒られることを減らそうと、あるころから呪文を唱えるようになった。

「手元・足元には気をつけよ。
手に持つものはしっかりと」

――これはある程度効果があると感じた。

心身の成長期はバランスを崩すものであり、自分の意に反して不器用な失敗が増えるものだということをずっとのちになって心理学を学ぶ中で理解するようになるが、そのころには、対症療法的な手立てを自分で工夫するよりほかに自らを救う道はなかった。読書に熱中すると遠くで名前を呼ばれても耳にとどかないことがある。しかしそんなときの言いわけは、けっして父の寛容を期待できるものではなかった。「きこえないはずはない、ごまかそうとは根性がまがっている証拠だ」と雷を落とす。失敗もするが素直にふるまいたい気持ちはいっぱい持っている自分を、丸ごとの存在として信じてもらえないことが、悲しかった。親を喜ばせたい、認められたい気持ちと、親の無理解への批判や反発心が拮抗(きっこう)し、苦しかった。

母はどうかというと、わたしの学校の成績が少しでも下がると「本ばっかり読んでいるから」と責める。今様で言うと「ゲームばっかりして…」というところかもしれない。母は、思ったことを善きにつけ悪しきにつけ即座に外に出す率直(そっちょく)さを持っており、それはある意味で強さであり長所でもあるが、その率直な言動が時には危ない刃(やいば)となることなどを考えない、いわゆるデリカシーに欠けるところがあると、子どもながらに感じていた。

六年生のときの担任は、新しく赴任されたやせた優男タイプの中年の先生だった。熱心に教えてくださるその先生と、わたしは生徒としてうまくやっていきたいとの気持ちをもって勉学にも臨んでいたある日、母が、「先生の前任校でのうわさを聞いた、生徒か同僚かの間で問題を起こされたらしい」と、不用意にもわたしがいる前で大人の誰かに話した。思春期にさしかかろうとしている子どもにとってはもっとも忌避すべきテーマである。よい関係をつくっていこうとしていた気持ちに水をかけられて、先生に対する疑心暗鬼がにわかにとぐろを巻いた。一方では、分からない子にもていねいに教えようとしておられる先生を見てなんだか気の毒になったり、うわさなど…と打ち消そうとする気持ちが働いたが、人の裏面を想像して不安だった。そしてそれは、人間不信への不用意な手引きをした母に対するある種の怒りとなって、心に隙間風が吹くような複雑な感情を育てることになり、そんなことがあってからいっそう、母に反抗的な口答えをするようになった。何事であれ父に歯向かうような勇気がなかったので、その分まで母にぶつけた面もあった。

父に対しては、わたしも妹もふだんとはちがう特別の言葉を使った。入浴中の父には、「お風呂、もっと焚きましょうか」とか「お背中、ながしましょうか」といったぐあいに。

母も剛毅な点は似たもの夫婦であり、家庭の雰囲気は厳格な父性原理[1]が支配していたといえる。これでよく子どもの誰かれがぐれたりしなかったものだと思うくらいであるが、それはおそらく、父が研究熱心で一所けんめいに働く人であり、誠意ということを重んじてがんこなほど何事にもぶれずにあたっていたこと、子育てにしても「子どもは厳しく育てないとロクな者にならん」というのが口ぐせで、その信念を裏づけるように態度に一貫性があることは、子どもにもわかったからである。そして母が、子どもたちの緊張を緩和させる役割を、その人一流の自然体で果たしていたことも大きい。

母は、明るい窓の方に向かって座り、内職をしていることが多かった。そんな母の後ろから、時としてわたしは、何かわからぬ不満をまとった主張をしてからむことがあった。母は黙っていたが、言いつのられて次第に、煮えくりかえる思いが胸の極限にまで達した様子がその背にあらわれたとみるや、突然座を蹴って立ち上がり、「学校へ行って、先生に話してくる！」とエプロンを投げ捨て、あらあらしく履物をつっかけて、家から近いところにある学校への草深いあぜ道を突進していった。有無を言わせぬ剣幕にわたしはたじろぎ、ただ呆然としながら、家庭でのことを学校に言いつける親に、深いやるせなさを感じていた。学校という場はいわばわたしのサンクチュアリ（聖域）だった。母は娘のサンクチュアリに踏み込んでいくというのか。何を話すというのだろう。娘が理不尽なことばかり言いますとでもいうのか。理不尽なのは父母ともにお互いさまだ、と、わたしはまったく反省などする気分ではなかった。

翌朝は、重い心をぶら下げて学校に行った。先生はわたしをどう見るだろう。授業中もあまり顔を上げなかった。しかし放課後に至るまで先生の態度はふだんと変わるところがなく過ぎたので、「ヤッホー」と解放された気持ちで、早く忘れようと思った。

帰ろうとすると、誰かが、先生が職員室へ来るように呼んでおられると伝える。てっきり昨日のことで意見されると覚悟をして行ってみると、先生は職員室から出られるところで、なかで待っているようにと言われた。しばらく先生の机のそばに立って待っていたが、なかなか戻ってこられない。職員室というのは居心地のよくないところで、下級生がちょろちょろ覗(のぞ)きに来たりする。外で待っていようと、廊下に出てぶらぶらしているとやっと先生が現れ、「あれ、なかに居なければ」というようなことを言ってちょっとあわてた様子を見せられた。が、結局何も言われないで双方ぎこちない雰囲気のまま、もう帰ってよろしいということになった。

察するに、昨日の母の訴えの処置が〝職員室に立たせる罰〟ということなのだ。その罰は、誰かが教室でなにか悪いことをしたときに先生が厳命する「廊下に出て立っとれ!」ということよりさらに上にある、かなり屈辱的な罰として子どもたちの間で知られていた。先生は卑怯(ひきょう)だ!と道すがら憤懣(ふんまん)がつのった。家庭のことでなぜわたしが職員室に立たされねばならぬ。どうしてはっきりと事情をきくなりしてくれないのか。何か言ってくれれば、その場で身の立つ瀬もあるように主張もできたかもしれないのに、と。あるいはすべてを先生の胸に収めて知らん顔をしていてくだされば、先生への信頼と尊敬の念はずっと挽回(ばんかい)できたはずだった。また、もっと明朗な子どもであれば、自分のほうから「きのう、母は先生になんて言ったのですか」と切り出したかもしれないが、そういうコミュニケーションの技を駆使できるほどにさばけていない自分が悔しく、悶々(もんもん)としながらの帰宅だった。

学校では音楽クラブに所属し、合唱やピアノの練習などをしていた。指導をしてくれた色の白いちょっとハンサムな音楽の先生にわたしは見込まれて、親切に教えってもらっていた。その方の父親はずっと以前に校長だった人で、終戦後間もないころまだ取り壊されていなかった校門わきの忠霊塔(ちゅうれいとう)に、遊んでいた子どもたちのボールが引っかかったのを登って取り落とされた。そのことを、不敬な行為だとひどく非難する人たちがいて、悩んで狂ってしまわれたと、それも母が誰かとしていたうわさ話だった。

その音楽の先生が、ある日、校舎の陰にわたしを呼びつけて、蒼白なすごい表情で「〇〇さん、あなたはぼくのことを『あんな先生、死んでしまえばいい!』と言ったそうですね、ほんとうですか」と、詰めよられる。あいた口がふさがらないとはこのこと。目の前がくらくらして、ただ必死で「いいえ!!」と首を激しく振ることしかできなかった。音楽クラブのメンバーの誰かが中傷のあらぬ告げ口をしたにちがいないと、とっさに思ったが、誰が言ったとかそんなことは二の次だった。先生の中にできた暗い感情のもつれをときほぐすすべを知らず、ただ、再三、「いいえ!いいえ、そんなこと」と泣きそうになりながら、くり返すだけであった。

「それならいいけれど」と、先生はつぶやかれたが、その顔は決して晴れやかではなく、したがって哀れな生徒を信じるほどには気持ちは変化していないようだった。誰かが中傷するにもこれはあまりにひどすぎる、陰湿すぎる、先生に対しても失礼だ。どうしてわたしがちょっとあこがれてさえいる先生のことを、そんなふうに思ったり言ったりするか。その後、先生はクラブの顧問をやめてしまわれたような記憶がある。わたしも傷ついてクラブを抜けてしまった。

そのときのわたしは、一連のことをわけのわからぬ不幸なできごととして噛みしめるいっぽう、なぜ、先生はあんなふうに確かめたりされたのだろうという変な感じを抱いたのも確かである。だがそれらのことを、母や友だちにはいっさい話さなかった。とくに母が知れば黙っているはずがなかったので、問題があらぬ方向に大きく広がっていきそうで、それがいやだったのだ。

当時の校長先生は、どこから見てもスキのない、いわゆる先生タイプ、よく言えば謹厳実直型の人だった。どこか父と重なる雰囲気があり、先生が言われることに気持ちで抵抗することがあってもその呪縛からはなかなか逃れられない。したがってそういう大人とのかかわりかたとして、人格発達的には「反動形成的な行動」[2]をとる癖がついてきていたと思われる。たとえば道路で自転車の校長先生を見かけた時などには、ものすごい早わざでマフラーを外して挨拶をするなどは、われながら慇懃でいやな行為だったが、当の先生は「礼儀正しい良い子だ」といった評価をされるときくと、弱い立場の子どもの処世術の一つとして無意識的にふるまいにあらわすというように。そうして次第に自分の二面性を自覚するようになっていた。

ジグザグの成長

小学校を卒業して中学校に進学すると、当然ながら学校環境も友だち関係もそれなりに相当変化し、新しくであう先生方個人に対する好き嫌いの感情も激しくなっていった。

母は、自分の嫌いなものを三つ挙げてみせ、「なぜ」と問うわたしにこう説明した。

一つは小説「レ・ミゼラブル（ああ無情）」――暗すぎていけない。

二つは「アジサイの花」――じめじめしたうっとうしい雨期に咲くから嫌い。

三つめは仏壇の鐘の音――理由はとくにないが、とにかく大嫌いだから、自分が死んでも鐘を鳴らしてくれるな。

仏壇の鐘の音は確かに快い響きとは思えないしと、笑って済ませるが、名作「レ・ミゼラブル」の主人公ジャンバルジャンは、わたしの心の中で大きく躍動し、コゼットも哀れで好きだ。アジサイは紫陽花という漢字であらわされるように雨の中でもけなげに明るく咲き、よく見れば見るほど可憐ですてきじゃないの。まして六月は私の誕生月。などと、好き嫌いのことまで反発する娘。子どもは、同性の親の好みや価値観などは、多少のずれを感じても無意識に取り入れてしまうことが多いものだが、わたしは根拠に納得できないと、そんな個人的なことにも抗い口論するようなことが増えていたので、母はずいぶんもて余したことだろう。

「へえーそうなんだ。暗い感じが嫌いなのね」と受け流すほどには、わたしは成長していなかった。つまり、母から自分を分離して客観的に相手（母）を理解しようとするのにはほど遠かったのである。わたしは何を求めていたのだろう。

中学二年生の冬、初めて学校を休んだ。珍しくひどい風邪で高熱が続いた。目を覚ますといつも、編み物などをしながら枕元に座っている母がいた。わたしにとって罪悪感なく心身を休ませることができる時間だった。温かく安らかな母のふところに戻った居心地を感じていた。「退行」[3]が自然とできる病気やケガは、子どものジグザグな成長の中にあって必要なときに与えられる超自然的な計らいではないだろうか。また、それと識らないでも単純に弱っている子どもを心配してくれる母親が現実に存在することは、ありがたいことであった。

そのころ毎夕一定時間に、ラジオでダークダックスのうた「雪の降る街を」が放送された。中田喜直の曲もすばらしくよかったが、内村直也の詞もしみじみと胸にしみた。何度も聴いて、歌詞に酔いしれて、秘かに泣いた。

雪の降る街を　ひとり心にみちてくる　この哀しみを　いつの日か　ほぐさん
雪の降る街を　誰もわからぬわが心　このむなしさを　いつの日か　祈らん

それ以後、どこでこの曲が流れても胸によみがえるのは、あの温かく少しわびしい病床の冬の夕暮れだった。

結局五日で全快し、再び元気に登校して、欠席中の勉強の遅れもたちまちとり戻したわたしだが、学校へ行く前に何かのいさかいがあって母を不機嫌にさせた時などは、一日気分が晴れないことが増えた。そういう感情は以前とはだいぶ違っていた。がちがちに固まった氷に跳ね返る水ではなく、少し雪解けをうながす慈雨が心のひだに注いでくるようであった。しかし、それでどんどん雪解けが進んでいくほど簡単ではなかった。甘えられないわたしの根は、ずっと深かったのである。

最終学年になった時に担任の先生が替わった。二年生までの兵士くずれのような雰囲気の担任をわたしは何から何まで嫌いで、できる範囲内いっぱいの反抗をしていた。担当される科目までも嫌いになった。それは生徒には不利なことではあるが…。扱いに困ったからだろう先生が、日記を書いて出すようにと言われ、わたしは二重帳簿をつけるようにつまらない表面的な作文を書いて提出し、本音は自分のための日記帳に書いた。先生の赤字の評もまったく意味をなさなかった。もし先生が自分の困っている心情を正直に書いてくださったとしたら、またちがった展開になったかもしれないが、たしか三回ほどでどちらも熱心でなくなって立ち消えた。

新しい担任の先生は職業科目が専門で、作業服のようなスタイルであらわれた。ホームルームの顔合わせが終わったとき、わたしは今度の先生とはうまくやっていきたいと希う気持ちが強く働いて、口実としての何かを携えて教卓に近づき、意見をうかがった。先生は名前をたずねてから簡単に応えてくださった。その表情は、穏やかで明るかった。そのあと、掃除が終わった報告か何かで職員室に行ったところ、新担任の先生がほかの先生に向かって「何某は、きいていたほどのことはないではないですか。ふつうの素直そうな子だと思いましたよ」と、はっきり聞こえるほどの声で話しておられるのをきいてしまった。わたしの八歳年上の姉が――その時はすでに異動していたが――同じ中学校の教師だったことがあって、その妹のことが先生たちの間でうわさになることがあったのだろう。扱いにくいむずかしい子だとブラックリストに載せられていたのかと、あらためて驚いたが、そのことはそれほど尾を引かなかった。要するに悪い評判が訂正されるらしい兆しが見えたからだった。

美術専門のM先生が、新卒で赴任されてきた。わたしの背負ってきたもろもろの教師たちとの抗争や家族のことなどにまったく左右されないで、教科の時間だけを通して正当に評価してもらえる数少ない人の一人だった。大柄で屈託がなかった。

「学生時代にご飯に牛乳をぶっかけて食べたりしていて、大きくなった」と自己紹介されたり、先生のスケッチブックを見せてほしいとわたしたちがねだると、おもむろにパラパラとめくって見せてくださったが、じっくり眺めることは許さず、すぐに取りあげてしまわれた。そんなところも初々しい感じだった。
一、二年来のわたしの絵ははげしく変わったものになっていて、静物画の背景を燃える緋色に染めた強烈な一枚が、先生方の論議の的になったことがある。作画者の名前を伏せての評価が真っ二つにわかれた。背景がどうも…などという意見に対してM先生が否、と支持して譲らず、校内図画大会で入選したこともある。うれしかったが、絵そのものは正直なところ自分で気に入っているものではなかった。内面の激しさがこんなふうにあらわれているという自覚があって、面はゆい思いがしていたからだった。身体の大きさにふさわしく気持ちも自由でおおらかな先生とであうことによって、わたしもつかの間(ま)、息がつけた。

卒業が近づくと、こんどはかなり長引く健康上の問題を抱え込むようになって学校を休むことが多くなったが、卒業式には卒業生の中でただ一人、村の教育委員会からもらった特別な表彰状に次のように記されていた。まともにお目にかかったことがないようなむずかしい漢字や文言がつらなっている。

右は
K中学校在学中　孜々(しし)として勉学に勤め　その成果見るべきものがあり
然(しか)もその性(さが)　恭謙(きょうけん)にして淑雅(しゅくが)　他の模範とするに足る徳業(とくぎょう)を示した

依(よ)って　茲(ここ)に　之(これ)を　表彰する　（ルビは筆者）

これを家で見た母が何と言ったかというと、「恭謙にして淑雅やって！　徳業やて。ほめすぎというか、これを見るとどんなすばらしい子かしらんと思うわ！」。まことに口が悪いと言おうか。たしかにほめすぎとは認めるが、学校での娘の生き方の姿ではなく、家庭での親を中心に据えた評価をすれば、この内容はまったく笑止千万(しょうしせんばん)となってしまうのだろう。わたしはすっかり恥ずかしく、二度と見られなかった。賞状は丸く巻いてポイっと箪笥(たんす)の中に、永年放り込まれてあった。

生まれなおし

健康を害したのは、バレーボール部で大会をめざして暑い時期に水をがぶ飲みしては飛び跳ねたりしていたのがきっかけで、もともと腺病質な体質ではあったのだが胃下垂症と診断され、たべられない状態が生じて体力がしだいに落ちていった。高校受験のための補習授業もほとんど受けないまま、県立高校の普通科を受験し、発表のある日には母がいっしょに学校へ行った。

K中学校から高校に進学するのは四十数人のクラスで十人ばかり。普通科志望はさらに少ない。ざわめきが起こった。その群れのなかから、付き添いで来ておられたK中学校の先生が駆けだしてきて、母の袖を引いてちょっと離れたところで、

「ダメでした。紡績科課程のほうなら採ってくれるという話です、どうされますか」

と早口に告げられる。

「えーっ」

母はすっとんきょうな声をあげ、

「うちの子がだめなら、ほかの子もダメなんでしょう?!」

などと上ずったことを言っている。わたしは紡績科なんてどうもおかしい何かの間違いではないか、と冷静だった。案の定次の瞬間アッと気づいた先生が
「F君のお母さんとまちがえました！　どうもどうも失礼を」

と平身低頭で謝られた。

言われてみれば母とF君のお母さんは感じが似ている。その人もPTAの役員などをしていてしっかり者だった。最初におどろかされた母は、娘の普通科合格を本人以上に喜んでいた。

高校に通い始めてからはますます体力がなくなり、自分の鞄さえ重くて息を切らしていると、同じ中学から進学したK子さんが、わたしの鞄を毎日、駅から学校まで軽々と運んでくれたことを、いつまでも忘れない。

母は顔を曇らせてあちこちの病院に連れて行ったりするが、体調はいっこうによくならなかった。わたしは、医師たちが胃下垂だけにこだわっている限りは治らないとうすうす感じていた。

力強く成長していくための道しるべとそれに呼応する心のエネルギーが不足していると自己診断していた。そのエネルギーはどこからどう補給すればよいか。つき詰めればわたしは生きなおす、あるいは生まれなおす必要があったのだ。のちに考えれば、このままでは大人になれない、なりたくない、いわゆる「永遠の子ども志向」と言われるピーターパン症候群状態だったのだろう。必要な治療は、優秀なセラピストによるカウンセリングだったのではないかと思うが、そのころにはそんな専門機関は身近になかった。

親たちが最終的にたどり着いた病院は、父の郷里に近い、県内の離れたところにある消化器内科で評判の高かったカトリック系の聖マリア病院で、院長先生が即座にあずかりましょうと言われて、そのままわたしは入院生活を送ることになった。季節は五月半ば。まるで天国の様子を具現したような、薫(かお)り高い色とりどりのバラが咲きこぼれる庭園には白いベンチがあちこちに置かれ、花の中にたたずむ慈母のマリア像があった。

院長先生は、回診中に廊下で出会ったわたしをからかったりされた。わたしが手にしているものを「それ、ちょうだい」と言われ、思わず手を引っ込めると、「取られると思ったの？　かわいいなぁ」などと、笑いながら看護婦さんを携えて次の病室に入っていかれた。若い子にはなるべく手術をしないで治したい、下がっていても胃を働き者にしようね、などと、あくまでソフトな対応で緊張をほぐしていかれ、その上、外国人の神父さんや修道服のシスターたちが随時に病室を訪れてすがすがしくやさしくつつんでくれるといった新しい環境が、わたしの生きる力の滋養となった。またこの入院は、「親類の子が…」と言ってそれまで会ったこともないような父方の伯母や叔父などが見舞いに訪れたりで、身内の範囲の視界が広がった経験でもあった。

二ヵ月弱で退院したが、すぐに学校に戻るのは早すぎるとのまわりの判断によって自宅でそのまま療養することになった。わたしはまるで幼虫がさなぎの期間を過ごすように、静かに羽化するその時の準備をしていたと思われるが、村の人たちは、「かわいそうに、あの子はこの夏を越せないんやないか」とうわさしていたという。父もそれまでになく穏やかな雰囲気をまとっていた。元気な弟妹は特別扱いされる姉を少々やっかむこともあったようだが、母は、娘の激しく反抗したあれこれは完全に忘れたように、青白く横たわる娘を見て長いため息をつきながら、ねんごろに背中をさすったり、おいしいものをこしらえようとしてくれた。これらすべてはわたしにとって大きな治療的意味があったわけだが、「心配させる悪い娘」という罪悪感が頭をもたげることもままあった。しかしその感覚はもはや、「この状態を何とかしなければ」という、さなぎの殻を破る力に変える要素になりつつあった。

そんななかで忘れられない一つのシーンがある。

満天の星空の下に、重いベッドをみんなして庭に担(かつ)ぎ出して、まるでビバーク（冒険野宿）のようにしつらえてくれた夕があった。ひとり、深い深いにび色の空の中に無数に瞬(また)く星たちにじっと見入っていると、心に特別な感情が湧き起こった。宇宙の星々の間に吸い込まれてゆきそうな自分の小ささ、はかなさを感じると同時に、《大地に足をつけて　しっかり生きよ》と、無限のかなたから見守る存在者（神）によって温かく、力強く励まされる感じにつつまれて胸がいっぱいになり、われしらず静かに祈っていた。

＊　＊　＊

だれでも思春期から青年期にかけては、子どもから大人への移行（イニシエーション）に際して心身ともに大なり小なりの試練を体験する。いろいろな事情によって幼少期に、しっかりした良い子でなければという思いが勝（まさ）って無理をせざるをえなかった消化不良な心の問題は、しばらく沈静化したかに見える時期ののちに、姿を変えながら再び沸騰（ふっとう）してくる。いわゆる自立の欲求と依存の状態の葛藤が顕著にあらわれる第二反抗期は、心の第二の誕生のための激しい怒涛をまきおこす。何とかしてーと叫ぶように、混乱してめちゃくちゃなことをしてみたり、引きこもって殻にとじこもったり。それは、本来の自分とは信じたくないような様相を見せることがある。同じように、子の新生に付き合う親の側にとっても厳しい体験のときであろう。

とくに母親との関係をめぐる問題は、これでもかこれでもかと母の再獲得に手を変え品を変え挑むことがある。親からの分離・個体化(4)を果たすためには、母との共生期に立ち戻るほどの渇望が満たされ、熟成を待ってはじめて新しい自分の誕生があり、それによって自己の確立と将来の新たな依存関係を模索していくことができるようになる。距離がとれるようになってみると、不思議なことに成長的な双方の心の接近が見られ、やさしさとなり、娘にはそれが母からの真の自立として実感される。

芽生えた双葉が、青葉を茂らせる木に成長するためには避けて通れない、暗に明にゆれうごく〝若葉のころ〟をいかに生きるか。ふりかえればその道程は、娘にとっても母にとっても、お互いのアンビヴァレンシィ（両面価値）を認め受け容れ、それを統合ないしは包括していくかけがえのない道ではないかと思われる。

つけ加えるなら、この体験が、「子どもの心に寄り添える大人になりたい」という悲願のもと、わたしを臨床発達心理学を学ぶ道へ導いたといえる。

山田 英美

注

（1） 厳格、支配的といった父性に属する雰囲気が優位なこと。
（2） 抱いている否定的な感情とは逆のような言動を示すこと。
（3） 無意識的に、発達のずっと以前の段階に心理的に戻る状態をいう。
（4） M・マーラーの母子関係発達理論で、幼時に合体している母からの分離過程を表す。

喝采

海へと続く商店街の切れ端に、小さな本屋がうずくまる。いつものように店が開き。通りに面したレジには、年老いた鼻眼鏡の蝋人形が、朝も早よから夜更までいつもと同じ体勢でうずくまっている。ところが、どっこい、蝋婆は生きていた。こうして半世紀をこの書店の主として生きてきた。それが我が母だ。

娘の私は、近くに住んでいるが、滅多なことでは寄らない。寄れば、決まって弱いところにジャブが飛んできて、痛い思いを味わうに違いないからだ。

「ねえ、センセイ、いつアクタガー賞を取るのさ？」

「は、泡食ったでショー？　何チャン（ネル）のワイドショーのことでしたでしょうか？」

バレリーナの人形

疑問形のジャブを出された時にゃ、別の疑問のフックでかわす技がいつしか身についた。本屋なのかボクシング・ジムかこれじゃわからない。

私とて物書きの端くれ。家業を半ば継ぐような気持ちで新卒で出版社に入り、その後、フリーで細々と文筆業を続けているが、この書店への貢献度は極めて低く、いつまで経っても親孝行できない。そんな自責の念からか、こうした冗談でいともたやすく捲れるささやかな自意識のささくれ。八十を過ぎ、子どもたちに「もう辞めたら」と何度言われても、蝋婆は、年中無休で店を開けてきた。娘がいつか書くかもしれないヒット作を店頭に並べるためなんじゃないかと思うと、どこか遠くへ雲隠れしたくなる。

「まぁ、通勤至便だからね」

レジから身を乗り出して、自宅と店をつなぐ横断歩道を指差す。

最近、日に日に足が弱り、その横断歩道すら青信号の間に渡りきれないという目撃情報も耳にする。

「この間、このアタシが渡りきる前に動こうとした車がいたから、杖を振り上げて注意したんだよ」

もはや、一番の親孝行は、無事故を祈ることなのだろうか。

とにかく我が子を目立たせるのが好きな母だった。

「粋と野暮」が口癖の浅草生まれであり、父とは駆け落ち同然で所帯を持ったことなども影響しているのかもしれない。

第一子が生まれてすぐに亡くなった時、「次に生まれて来る子は息さえしてくれていたらそれでいい」と思ったという。そんな覚悟が裏目に出たのか、東京オリンピックの年に生まれた第二子の私は、父母に果てしなく甘やかされ、物心ついた時には、みそっぱだらけのぽっちゃり娘だった。

「デパートに行くと、やれ、デコレーションケーキが食べたいとかあのお人形がいいとか、何でも欲しがる子でね、お父さんは、その度に買い与えるわけ。屋上に上がれば、空に浮かぶ赤と白のストライプのアドバルーンを指差して、買ってよ、って大騒ぎしてさ。買わせられなかったのはそれだけだね」と、母はことあるごとに繰り返す。

何もしなくても十分目立つカラダつきではあったが、地元鎌倉で当時、「タカラヅカへ行くならここ」と言われていたバレエ団のジュニアクラスに入ることに。発表会の写真を見ると、ピンクのサテンのお揃いの衣装をつけた女の子たちの中央に私がいる。

「練習が嫌いでね、下手くそだから列の一番端に並べられたんだけど、一人だけ太っててバランスが悪いから、センセイも思い切って真ん中に持ってきた。一人だけ振りが合わないのが、かえって主役みたいだって、お父さんが喜んでね」

その直後、バレエ団を早期勇退することになり、これが人生でただ一度きりの発表会となった。

アルバムでこの隣に貼られている写真は、幼稚園の入園式だ。桜の木の下で黄色いフラノの三つ揃いのパンタロンスーツを着ている。近所のテーラーへ連れて行かれ、誂えた。当時流行りの「恋の季節」のピンキーとキラーズからのインスパイアらしい。クラシックからポピュラーへの転向である。この頃になると、私にも「恥ずかしい」という感情が芽生えてきたが、母はお構いなしだった。街を歩くと、いろんなおばさんが寄って来て、「あら、お父さんにそっくりね」と、上向き加減の鼻を摘(つま)んだり、「まあ、ぽちゃぽちゃ」とほっぺたをつついたり、ひっぱったりした。すると、母は、「もう、ひらがなもスラスラ読めるんですよ」などと求められていない情報を開示して、ちょっと上品なおかあさまぶった微笑みを浮かべる。その度に、私も口を開けずに口角を上げ、虫歯を一本も見せずにスマイルをキメた。今更ながら、あの人たちは誰だったんだろう。もしかしたら、母が仕込んだエキストラ…？　なんてことはないでしょうけど。

その頃の夢は、スクールメイツの一員になることだった。渡辺プロダクションお抱えのバックダンサーだ。ここからアイドルを狙う野心家も多かったようだが、私の場合は違う。目立ちたくない。群衆に埋もれたいのだ。前後左右にいる子と同じサイズ感を保って生きていくのが夢なのさ、というわけで。

けれど、彼女はそんな地味な野望など一切関知せず〝ゴーイング・ファンキーママウェイ〟をモーレツにひた走る。一九七〇年、大阪万博に世の中が湧き上がる中、弟に続き、妹が生まれた。三人の幼子を抱え、家業の書店を父と営みながら、もおっ、どうにも止まらない。

小学一年生の夏休み。母は、妹をおぶって台所で夕飯の支度をしながら、学校からのお知らせの藁（わら）半紙を見るや、やにわにダイヤルを回し、「ツウちゃん、ちょっと来れる？　相談があるんだけど」。ツウちゃんとは、隣の女子高校生で、気立ての良さゆえ、私たちの子守や店番をさせられ、我が家のスタッフと化していた。ツウちゃんは、現れるなり、藁半紙を渡され、ふむふむと読むと、「これは、一発、ドカンとやるしかないでしょう」と叫んだ。

「やっぱり！　ツウちゃん、頼むね。すごいの、作ろう！」

窓から西陽が差し込み、乳飲み子の頬をオレンジに染めていた。台所には、先ほど粉をまぶした唐揚げ用の鶏肉が出ていたが、母は迷いなく、蕎麦屋の出前に切り替えた。

学校からのお知らせとは、「夏休みの工作で優秀な作品は、鎌倉市の秋の美術展に出品します」との内容で、一年生に与えられた課題は、「動く魚」。

母があれこれアイデアを言い、ツウちゃんが、チラシの裏にスケッチを描いていく。見事なコンビネーションである。そもそもこれは、私の宿題だ。しかしながら、子どもに意見を聞かないどころか、口も挟ませない。そんなこんなで、真夜中近くに完成したのは、鱗（うろこ）に模した色とりどりの細い折り紙が青い色画用紙に編み込まれた魚が、「白鳥の湖」の曲にのってくるくる回るという代物だった。

私は、それを見て泣いた。感極まって、ではない。「白鳥の湖」を奏でているのは、父方の祖母から贈られたばかりの廻るバレリーナのオルゴールであった。その回転する円柱のオルゴールの上には、フランス人形風のバレリーナが可憐にポーズをとっていたのに、私がちょっと目を離した隙に、接着されていたバレリーナ人形は引き剥がされ、魚をのせられたのである。えっ、芸術のため？　芸術は爆発だ、だって？

夏休み明け、同級生たちの工作した「動く魚」はといえば、画用紙で作った魚のヒレに竹ひごがセロテープで貼っつけられていて、引っ張ると、ヒレがペコペコとわずかに動く程度のもの。「なんて子どもらしいんだ！」。子ども心に敬服し、こういうので十分だったんじゃないのという苦い想いでいっぱいになった。嫌な予感は的中し、我が動く魚は、教室の後ろのロッカーの上に置いた瞬間から悪目立ちし、市の美術展へと泳ぎ出た。

展覧会から戻ってきたら、魚をどけて、バレリーナ人形を再び接着することを心ひそかに待ちわびていたのだが、そんなささやかな願いも叶うことはなかった。再びちょっと目を離した隙に、母がバレリーナに新たな使命の舞台を与えたのだ。自由度の高い（路地）裏（の家）のおじさんという新たなスタッフを見出し、木製の独楽（こま）の中央にバレリーナを立たせ、トウシューズの上から釘付けさせた。学校から帰宅し、私の学習机の上でバレリーナが寝ているのを見た時、まさかこんな惨事が起きているとは思わず、無造作にバレリーナを抱き上げた。その時の重み、独楽と一体になった姿、その衝撃たるや、死んでも忘れられない。

独楽に縄ひもを巻きつけ、地面にエイっと投げる。

「わぁ、すごい高速回転だね」「このプリマ、オリンピック出れるね」

母とツウちゃんは、手を叩いてはしゃいだ。ただ、問題は、このバレリーナ独楽を裏のおじさん以外、誰がどうやっても回せないということであった。

小さな改造、今で言うところのカスタマイズが得意な母であった。

子どもたちが茶の間の障子に穴を開けることに憤り、一夜のうちに障子紙を剥がし、白い手ぬぐいに張り替えた。そうとは知らない幼い弟がいつものように人差し指でつつき、突き指した。

毛糸で女児用ジャンパースカートを編み、背が高くなるたびに裾を編み足す。冬ごとにわざわざ違った色で編み足していった。「こうすれば、一年間で何センチ背が伸びたか、一目瞭然だからね」。スカートが成長の記録も兼ねていたとは。

学校からもらってきた「いろはかるた」。箱を開けた三秒後に、母の手でゴミ箱に投げ入れられた。

「こんなもんで遊ぶから、つまらない大人になっちゃうんだ」

そして、やはり、夜な夜なボール紙をきり、手製のかるたを作ってくれた。五十音順で小林一茶の俳句がボールペンで書かれた素朴なもの。「雀の子そこのけそこのけ」と読み札があり、「お馬が通る」という下の句が書かれた札を取る。おかげで、つまらない大人にならずに済んだかもしれないが、まともな大人にもなれなかった気もする。

母は、こうしたアイデアを婦人雑誌にちょこちょこ投稿しては掲載され、賞品として当時まだ珍しかった輸入洋食器などを手に入れていた。それらは、決して使われることなく箱のまま、すぐに茶の間の天井すれすれにしつらえられた棚に収納された。

「新しい家が建ったら、使おうね」

気がつくと、部屋には、似たような住宅雑誌が何冊も積み上げられていた。母は、それらを精読しながら、家の間取りやインテリアのアイデアを練っていたのだろう。頑張って隣町の逗子に土地を買ったのだと友だちに声弾ませていた。休みの日に家族全員で土地の草むしりに出かけたりもした。若い夫婦と三人の子どもたちのマイホーム、住宅雑誌に登場しそうな幸せな家族、のはずだった……。

父が帰ってくるのが遅くなった。帰って来ない日も増えた。笑い声より言い争う声が多く聞こえるようになった。

両親の動向に神経を張り巡らしていると、ふいに母が便箋に何やら慌てて書いて、父の背広のポケットに入れた。私はこっそり取り出した。そこには、「うちには三人の子どもがいます。子どもたちにお父さんを返してください」と書かれてあった。


「来週、逗子に越すよ」

ある朝、突然の引越し宣言。まだあの土地に家は建ってないよね、と恐る恐る尋ねると、「もっと駅に近い良いところで暮らすんだよ。ベランダからは海が見えるよ」と母。

そこは、父が営んでいた書店の本店が入っているビルの四階だった。離婚に伴い、その書店を母が譲り受けての新生活のスタートだった。ちなみに、例の土地には、父と新しい奥さん、生まれてくる新しい子どものための邸宅建設が急ピッチで進んだらしい。もちろん、そんなことは知る由（よし）もなかったが。


　母が泣いた姿を一度も見たことがない。

　私たち母子の新居は、古くはあったが、広いリビングがあり、新品のピアノ、ダイニングテーブルセット、ふかふかソファの応接セット、ステレオなどが次々に搬入された。フランスベッドというメーカーに母は何年も積み立てをしていて、夢のマイホームで使おうと思っていた家具類が全て搬入されたのだ。今まで、サザエさんちのような茶の間に慣れ親しんでいたせいか、こたつが恋しいと妹が泣いた。すると、早速、新しいスタッフを手配し、ダイニングテーブルの裏に赤外線ヒーターが取り付けられた。どこのコタツからヒーターを外して来たのだろうか。

　また、週に一回、ピアノの先生が来るようになった。当時、十歳の私、七歳の弟、四歳の妹を一人ずつ順番に教えてもらうという契約だったようだ。ところが、美人だけど怖い先生で、私は一回で逃げ出し、弟も私がいないのならと遊びに行ったきり帰らなくなった。まだ幼い妹はとりあえず母の監視下に置かれており、レッスンを受けさせることはできたが、元々三人分の料金体系である。そこで、子ども二人分のレッスン＝大人一人分ということなのか、母が私と弟の代わりに習い始めた。母は、私たち姉弟に当て付けのようによく練習をしていた。今でも「エリーゼのために」を聴くと重い気持ちになるのは、この一件のせいに違いない。

どこの家庭も百科事典や文学全集をとりあえず書棚に、という時代だった。書店業界の黄金期だったかもしれない。母は、営業や配達に飛び回った。その頃、五〇ccまでは、バイクにヘルメットが義務付けされていなかった。

挨拶するために、いちいちヘルメットを脱いだり被ったりして、ヘアスタイルが乱れることを嫌う母に五〇ccのバイクはちょうど良かったのだが、「坂道を上がる時に五〇だと馬力が足りないのよね」。改造マニアの母は、早速、優秀な新スタッフを動かし、五〇ccバイクのボディに九〇ccのエンジンを搭載することに成功。髪を風になびかせて、街を軽やかに駆けめぐった。同級生から、「お前の母ちゃん、五〇のバイクなのに俺んちがある山の上まで急坂をとんでもねえ勢いで上がってくんの、すげーな」と言われた時は、ちょっとヒヤッとしたが。


そんなこんなで、女手一つで子どもたち三人全員を大学まで出した母に、私たちは今もってアタマが上がらない。

私は三十歳で結婚したが、奇しくも、夫も幼い時に父親を病気で失くし、義母もまた保育園に勤めながら女手一つで三人の子どもを育て上げた人だった。結納の食事会の時、義母は言った。

「うちは貧乏ですが、バクチやオンナに手を出して身をやつしたような者は一人もいません。真面目だけが取り柄なので、どうかご安心ください」

すると、我が母が、

「うちは、バクチやオンナでダメになるような奴ばかりですが、よろしゅうございますか？」と返し、義母や夫は大笑いした。もちろん、私は笑えなかった。洒落(しゃれ)になってないでしょう。

この日の帰り道、母がしみじみと呟いた。

「だけど、あの橋出さんのお母さんという人は本当にかわいそうな人だねえ。真面目にコツコツやって来たのに、貧乏だっていうじゃないか」

どうやら違う種族どうしの縁組のようであった。

それから、何年も経ってようやく女の子を一人授かった。育児という日常は、思っていた以上に地味な忍耐力を必要とされた。その頃、月に三本ほどの新聞、雑誌への連載や地域の活動などがあったが、出版社に勤めていた頃ほど忙しくないとタカを括っていた。オーガニックコットンの肌着を着せ、自然食の完全母乳、こだわりの海を彷徨(さすら)った。

娘がようやくつたい歩きができるようになったある冬の朝、心臓がバクバクし、謎の不安と恐怖で立っていられなくなった。カーテンを開けると、鉛(なまり)のように空は低く凍えていて、さらなる不安感が満ちて来る。何だかよくわからないけど、漠然ともうだめだと思い、母に電話し、宅配業者に集荷を頼むように、娘を引き取りに来てもらった。

しばらくして、少し落ち着くと、実家に娘を迎えに行った。娘は、妹が赤ん坊の頃に着ていた古臭い半纏(はんてん)を着せられていた。小さなウサギが手押し車を引いていたり、サルが笛を吹いているような和柄が散りばめられた朱色の半纏。ダサくて見るのも嫌なはずだったのに、なぜか癒される。母は、相変わらず、お寿司屋の大きな湯呑みでほうじ茶を飲んでいて、その香りにも気持ちがほぐされていく。何を汲々としていたのだろう。一体どこへ行こうとしていたのだろう。

「母となったからには、一日でも長く生きてさ……。何にもしなくたって日にちが経てば、子どもは大きくなるんだよ」

灯台の放つ一筋の光のような一言であった。

大粒の雪が降り出していた。コタツの周りでつかまり立ちしていた娘が、手を放して歩こうとした。その瞬間、母が娘の足を手で払った。前につんのめり、泣き出す娘。

歩けたかもしれないのに。劇的な瞬間だったのに。なぜ？

「馬鹿だね。女の子は早く歩かせちゃいけないんだよ。足が太くなるからね」


その娘が今年、成人式を迎えた。中学高校と陸上部にいたせいか、母の努力の甲斐もなく、足は太い。

いつものように店が開く。本屋のレジにいつもと同じ姿勢の老婆がうずくまる。蝋人形、ではなかった。生きている。母は生きている。

橋出たより

母の身仕舞い

出版社を起こした時わたしは五十歳になっていたから、今にして思えば、無謀なことをしたものだと我ながら呆れる。前職の出版社がおかしくなって放り出され、同僚三人で「出版社を起こそう！」となったのだ。今年で創立二十二年。わたしはずっと営業一筋で働いてきた。

出版社への就職を希望するほとんどの人は編集者志望だ。わたしが編集をやるつもりはないとはっきり言うと、新人スタッフはどうして営業なんですか？　と訊いてくる。「学術図書出版社なので、学問を修めていないわたしには編集は無理。それよりも、わたし請求書を書くのが好きなのよ」というと相手は黙ってしまう。わたしは、稼ぐのが好き。

写真集「九十九里浜」

そのようになったのは、わたしの生い立ちにおそらく関係があるのだろう。昭和二十四年、九十九里浜の「旭」でわたしは生まれた。その頃の日本は高度成長期の真っ只中であった。どの家も貧しかったが、その中でも特に我が家は貧しかった。

ぐうたらでほとんど無収入だった父に代わり、一家七人を母は一人で支えた。今思うと奇跡に近いが、それができたいい時代だった。

少しでも家計を助けるために子供たちは、小学生の頃からアルバイトをした。「漁場」でイワシが煮干しになるまでの作業の手伝い、ドジョウすくい、「ながらみむき」など。自分で稼いで賃金を得る、そうすれば、母の顔色をみなくてもＰＴＡの会費を払える。働くことが嫌ではなかった。一緒に働いていた近所のおばさんたちは可愛がってくれた。

出版社に身をおいてよかったことの一つに、写真集『九十九里浜』（小関与四郎著）を自社で刊行できたことがある。まだ賑わいのあった昭和三十年代の故郷の写真集だ。男も女もたくましくエネルギッシュで見る者に迫ってくる。「こんな野蛮なところは早く出て都会に行きたい」と二十歳の時に故郷を飛び出したが、こんないいところで生まれ育ったのかと若かった自分を反省した。

その打ち合わせに、小関さんのスタジオのある横芝に社長と電車で向かった。ＪＲ千葉駅から総武本線で一時間くらいのところ。〝いいのになる〟と実感のできた濃密な時間のあと、帰りは海沿いに小関さんの車で「旭」へと向かった。

車中でわたしの中に「今しかない」と確信に近いものが沸き立った。すぐ母に電話した。「いま、会社の社長と一緒で……これから家に行ってもいい？」急な、あまりにも突然のわたしの申し出に母も社長もノーとは言えないはずだ。

二、三十分してわたしの生家に到着。小関さんには車の中で待っていてもらった。

小学校もまともに行っていない母と、東北大学卒の学術図書出版社の社長との対面はこうして実現した。

わずか十五分くらいだったろうか？ ひととおりの挨拶が済んだあと、母は梨をむいてくれた。それは一人にちょうど二個あたるように切ってあり、ビニール袋に入れ渡してくれた。車中三人で食べた。甘かった。秋の短い一日だった。

次の社長と母との対面は、母の葬式の時であった。

社長はよく「君とお母さんは似ているね」と言う。特に美人でもない母親と似ていると言われてうれしくもないが、今になって、似ているかもしれないと思う。気質がである。

昔、我が家のあまりの貧しさに、近所から「生活保護を受けたら？」と勧められたらしいが、母は頑として断った。プライドが許さなかったのだ。身仕舞いにいつも気をつけていた。九十三歳で亡くなったが、臥せるまでは家の中もきちんと清潔にしていた。庭にはいつも季節の花が咲いていた。ご近所さんが垣根越しに「きれいだねぇ」と声をかけてくる。口癖は「お天道様がみている」だった。「馬鹿正直たれ」。それを戒め(いまし)にわたしは生きてきた。

晩年は歩けなくなりトイレに一人で這っていったが、ほとんど人のやっかいにならずに逝った。見事な一生であった。

哀しいことがあった時、友人、姉妹の存在は慰め(なぐさ)になる。が、明日を迎えるのがつらい時、遥か彼方のもう触れることのできない母に、「助けて」とすがっている。

石橋 幸子

私の職場

昼間の高校へ進学することは、家の経済ではとうてい無理だと知っていた私だけれど、いつも皆と同じでいたいという気持ちから、ただ漫然と進学模擬テストだけは受けていた。

中学の卒業まぎわに、どういうわけか、もっと勉強したいと思うようになっていた。昼間がだめなら、働いてでも夜間高校だけは卒業したいと言った時、家人はまっこうから反対した。「女に学問は必要ない」という考えと「夜の勉学は身体に無理だ」との考えからだ。

後者にはうなずけたが、前者はあまりにも封建的だ。その反発もあって、担任の先生にわざわざ家へ来てもらい、やっと家人に納得してもらった。

近くの総合病院へ就職が決まったが、学校へ通う都合から、寮に入ることにして、労働と勉学のいわゆる二兎を追う生活が始まった。私に与えられた仕事は、義歯等を作る歯科技工士――その助手の、歯科技工助手といういかめしい名称である。事務をとるとばかり思いこんでいた私だったが、この時は、腹も立たなかった。考えてみれば、私のような半人前の中卒者に大病院の事務なんてやれるはずがないのだ。ただその時、自分がひどく小さなものに感じられた。

仕事は助手なので、責任のあるものは少ない。むしろ楽な方である。つらいのは、対人関係のむずかしさで、今までずいぶん自分なりに悩みもし、矛盾を感じてきた。

歯口科は、治療室と、技工室とからなっている。仕事は別個のものである。しかし、治療室が忙しい時、人手の足りない時はこの部屋から手伝いが出る。これは別にかまわないが、反対の場合、つまり技工室の忙しい時、そういうことは全然ないのだ。

また、技工士というのは、職員ではなく、その仕上がりの割合で給料が支払われている。職員である私は、一体どこまでが自分の仕事の分限であるか分からない時がある。技工士さんの仕事の邪魔はしたくない。かと言って、遠慮して言われただけの仕事をしていると、もっとやれるはずだというふうにも他人は考えているらしい。この間に立って私は、いまだに他人の言うがままにしか働けない自分をもどかしく、また情けなく思う時がある。

お茶をいれたり、皆の汚れた白衣の処理をしたり、雑役は努めて私がやるようにしている毎日ではあるが、時折、腹の立つことがある。この仕事は、私がやるべきだと決まっているわけではない。他の科では皆、分担してやっている。そう思うと、時には手を出したくないこともある。出さない方がよいと思うことがある。しかし私がとりかからない限り、他の人は、まるで約束事のように相変わらず知らん顔をしている。私は〝ひがみ根性〟ということを考えてみる。自分はひがんでいるのだろうか。自分の存在について。そうだとしたらなんといやな自分だろう。他の職員と同じ待遇を要求しているのだろうか。すると肯定する答えと、否定する答えと、二つが必ず出て迷うのだ。そんな時、私は無理に心を空虚にしてしまい、今まで通りにするのだが、お茶の後を片づけていると、またもや腹が立ち始めるのである。みかんの皮やら何やら、いかにもだらしなく散らしてあるのだ。非常識と私の心の寛容（そういうことのできるものがもしあれば）との闘争の毎日、このやや憂鬱の毎日の経験が、いつかは役に立つ日があるのだろうか。今の私のいくじない立場では、役に立つ方を信ずるより外しかたがないのである。

職場と学校との両立はたいへんでしょうと、人に皮肉まじりに言われる事があるが、私はそうでもないと答える。授業中、いねむりに勝てず、ついうつらうつらしてしまう私、一日ぐらい休んだってかまわないだろうと、つい気を許してしまうことがある私だから、その答えは、確かに、強がりのひびきをもって人に聞こえるかもしれない。が理由もなく学校はよいのである。気をはらないで、気持ちを落ち着けられる場所だからかもしれない。

労働の喜び――というのを私はまだ味わわない。あのようなことを指すのかなあと、時折り思い当たることもあるが、やはりどこかが違う。もっと張りつめた一分のすきも許されない仕事をしてみたい。私の考えはぜいたくなのだろうか。世の中の大部分の人は、ある程度は、あきらめた感じで仕事をしているように思える。それでもしかたのないことなのだろうか。それが世の中なのか。私には納得がいかない。

私はまだ、具体的に、何の仕事につくか、決めていない。がそのうち、自分に一番よい生き方を見つけて行こうと思う。それにはまず勉強だ。私の大好きな――とまでいかないが、その夜の勉強だけが、いつかそれを発見させてくれるだろう。その事を信じて、これからも進んで行こう。

（働き始めの若い日に、「働く青少年の作文コンクール」に応募した作文。労働大臣賞を受賞）

あとがき

一九九九年一〇月一日に創業した弊社は、ただいま二十二期目。世界はパンデミックの真っただ中である。

学術書の出版を生業（なりわい）としているが、縁あってお寄せいただく論考に向き合いながら、著者の「根」に触れたと感じる瞬間がある。親の羽の下から飛び立ち遠く離れても、社会における立ち位置、世界を見る眼差しは、生い立ちと密着しているようで、その「根」は、与えられた環境を生き抜くための生命線かもしれない。

あゝ麗はしい距離（デスタンス）、
つねに遠のいてゆく風景……

大正・昭和期に活躍した詩人・吉田一穂の詩「母」の一節である。母はまたふるさとでもあったのだろう。その思いが、静かに私たちを前へと駆り立て、また背中を押してくれる。「ディスタンス」を、本書の書名に取り入れた。

学問をとりまく環境は日に日に厳しくなっている。「学のゆりかご」という書名には、野にある学術図書出版社の立場から、学問にかかわるすべての人への敬意と、来るべき未来への祈りを込めた。学の営為を根底で支えているであろう母に思いを馳せつつ、広く、深く、学問をとらえ凝視する契機にしたい。お読みくださる方それぞれの「根」と未来を見つめる道標としていただければ幸いである。

なお、本書の企画・立案は、弊社創業メンバーの一人・営業部の石橋幸子によるものである。

春風社編集部

執筆者略歴（掲載順）

田中 典子　たなか・のりこ
言語学博士／語用論／清泉女子大学教授／著書に『プラグマティクス・ワークショップ――身のまわりの言葉を語用論的に見る』（春風社、二〇〇六）他

森谷 裕美子　もりや・ゆみこ
政治学博士／文化人類学／跡見学園女子大学教授／著書に『ジェンダーの民族誌――フィリピン・ボントックにおける女性と社会』（九州大学出版会、二〇〇四）他

堀 真理子　ほり・まりこ
英米文学・演劇研究／青山学院大学教授／著書に『反逆者たちのアメリカ文化史――未来への思考』（春風社、二〇一九）他

福田 須美子　ふくだ・すみこ
教育学・女子教育研究／相模女子大学名誉教授／著書に『つながりあう知――クララと明治の女性たち』（春風社、二〇〇九）他

栗原 詩子　くりはら・うたこ
芸術工学博士／音楽学／西南学院大学教授／著書に『物語らないアニメーション――ノーマン・マクラレンの不思議な世界』（春風社、二〇一六）他

金縄 初美　かねなわ・はつみ
文学博士／文化人類学／西南学院大学教授／著書に『つながりの民族誌――中国モソ人の母系社会における「共生」への模索』（春風社、二〇一六）他

山田 英美　やまだ・ひでみ
臨床発達心理学／山梨大学名誉教授・身延山大学名誉教授／著書に『幼児キャンプ――森の体験・雪の体験』（春風社、二〇〇一・二〇〇四）他

橋出 たより　はしで・たより
文筆家・詩人・エッセイスト／母は書店「椿書房」経営／著書に『こども歳時記――母と子で読む日本の四季』（第三文明社、二〇一四）他

石橋 幸子　いしばし・ゆきこ
春風社営業部長／著書に『人生の請求書』（春風社、二〇一四）

学（がく）のゆりかご　母（はは）と娘（むすめ）のディスタンス

2021年5月9日　初版発行

編者　春風社編集部

発行者　三浦衛

発行所　春風社 *Shumpusha Publishing Co.,Ltd.*

横浜市西区紅葉ヶ丘53　横浜市教育会館3階

〈電話〉045-261-3168　〈FAX〉045-261-3169

〈振替〉00200-1-37524

http://www.shumpu.com　info@shumpu.com

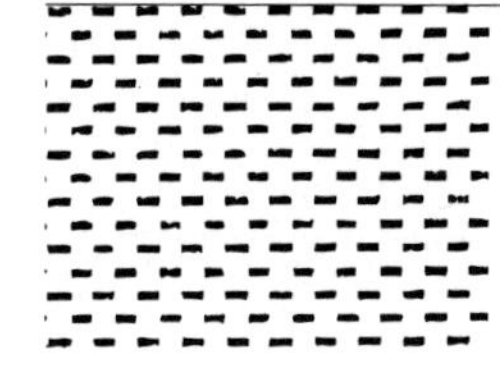

装丁・装画・挿画　南　伸坊

印刷・製本　シナノ書籍印刷株式会社

乱丁・落丁本は送料小社負担でお取り替えいたします。

ISBN 978-4-86110-743-6 C0095 ¥1800E

日本音楽著作権協会（出）許諾第2103534-101号